AŞKIM KAPIŞMAK
&
GÜLDEN MUTLU

KİMİM BEN ?

Kimim Ben? / *Aşkım Kapışmak - Gülden Mutlu*

Yayıncı ve Matbaa Sertifika No: 10614

Genel yayın yönetmeni Ahmet Bozkurt
Yayıma hazırlayan Bülent Ulus
Kapak tasarım Berkcan Okar
Sayfa tasarım Eylem Sezer

ISBN: 978-975-10-3863-0

18 19 20 21   7 6 5 4 3 2 1
İstanbul, 2018

Baskı ve Cilt
İnkılâp Kitabevi Yayın Sanayi ve Ticaret AŞ
Çobançeşme Mah. Sanayi Cad. Altay Sk. No. 8
34196 Yenibosna – İstanbul
Tel : (0212) 496 11 11 (Pbx)

İnkılâp Kitabevi Yayın Sanayi ve Ticaret AŞ
Çobançeşme Mah. Sanayi Cad. Altay Sk. No. 8
34196 Yenibosna – İstanbul
Tel   : (0212) 496 11 11 (Pbx)
Faks : (0212) 496 11 12
posta@inkilap.com
inkilap.com

AŞKIM KAPIŞMAK
&
GÜLDEN MUTLU

KİMİM BEN ?

İNKILÂP 91. yıl

Gülden Mutlu

Gülden Mutlu 2 Ocak 1983 Tekirdağ doğumludur. İlk ve ortaöğrenim döneminde aldığı müzik eğitimine Ege Üniversitesi Devlet Türk Musikisi Konservatuvarında devam etmiştir. Türkiye'de tamamladığı müzik eğitiminin ardından 2008 yılında Londra'ya yerleşmiş ve Londra Türk Müziği Korusu'nun şefliğini üstlenerek, Türk müziğini Birleşik Krallık Parlamentosu ve Londra'nın önemli konser salonlarında dinleyiciye tanıtmış ve benimsetmiştir.

2012 yılında sözü ve bestesi kendine ait olan "Soğuk Odalar" isimli şarkısında Emre Aydın ile yaptığı düetiyle yayın hayatına merhaba dedi. Dinleyicinin beğenisini toplayan ve müzik kariyerine ara vermeden devam eden Gülden Mutlu, 5 single ve 1 albümün yanı sıra diğer sanatçıların seslendirdiği şarkılarıyla da bilinmektedir. Hem sözü ve bestesi kendine ait olan şarkılarını seslendiren hem de çeşitli müzik kompozisyonları üzerine çalışan Gülden Mutlu müzik kariyerine Londra ve Türkiye'de çalışarak devam etmektedir.

Aşkım Kapışmak

Yayınevimizden yayımlanan diğer kitapları şunlardır:

Kadınlar Sağdan Erkekler Soldan
Küçük Mutluluklar Kitabı
Terzi
Carpe Diem
Dolce Vita
Beni Benimle Aldatır mısın?
Hangi Anne Hangi Babasınız?
Aşkımın Beden Dili
Kalbin Anahtarı 1: Kelimelerle İyileş
Kalbin Anahtarı 2: Ruhuna Dokun
Yaşam Kitabı
Üzümlü Kek
Kavramlarla İyileş

İletişim için
www.askimkapismakakademi.com
Pürtelaş Hasan Efendi Mahallesi
Susam Sokak No:11 Daire:5
Cihangir / Beyoğlu / İstanbul
0212 243 29 48 - 0532 733 03 21

İçindekiler

Önsöz

Hepimiz bir gün yaşadıklarımızdan sıkılacağız.

Bir an gelecek ne ismimiz ne de kariyerimiz doyuracak.

Çok şey deneyeceğiz mutlu olmak için ve her defasında aynı soruyu soracağız 'kimim ben?'

Defalarca kuytularda kavga edeceğiz kendimizle. Kimse görmesin diye maskeler takacağız.

Ve bir gün maske de yetmeyecek.

Sessizleşeceğiz.

Seyirci olacağız dünyaya.

Canımız sıkılacak canımızı bulamadığımız için.

Kalabalıklarda yalnızlaşıp, yalnızken çoğalacağız.

Bir gün anlayacağız; ana babamızın doğurduğu değiliz. Toplumun verdiği sıfatlar da değiliz. Malımız mülkümüz, aşklarımız, işimiz değiliz.

"Peki, kimim ben?" diye sorduğumuzda tek bir cevap gelecek:

'İnsanız işte.'

Yalanlar, doğrular, günahlar, sevaplar, iyiler, kötüler, güzeller, çirkinler, yüklemler, özneler hep dünyanın içinde benimle.

Ama 'insan' kavramı dünyanın ötesinde bir yerde.

Her Âdem ve Hava,

Gün gelecek Âdem ve Hava'dan soyutlanacak.

Ne erkek ne dişi kalacak.

Üst akılda buluşacak.

Defalarca acı çekip, ısrarla bilginin peşinde koşanlar o makama erişecek.

Ve kendini bulan her insan, diğerini ötekileştirmeyecek.

Çünkü dünya biz kavramı ile ama ruhlar ben kavramı ile yaşar.

Hakikat, ben'in çokluğunda biz'in tekliğini görebilmek.

Aşkım Kapışmak

önsöz

Evinize, yaşam ve duygularınıza dahil olabilmenin mutluğu ile;

Bu kitabın içinde geçen bir cümlede, bir şiirde, bir melodide, kendinize rastladığınız o an yanı başınızda oturuyor olacağız...

Bir dost eli bizimkisi... Omuzunuza dokunup "ben buradayım" diyen ve nasıl şekillendirmek istiyorsanız zamanı ve hayatı, saygı duyup o haline, kucaklayıp özgürlüğünüzü kelimelerle, müziklerle yoldaşlık eden bir dost eli...

İç sesinize kulak, duygularınıza ortak ve varsa kuytuda kalan bir yanınız, küçücük de olsa ışık olabilmek arzusuyla;

Umutla, aşkla, sözümüz ve sesimizle hayatınıza dahil olabilmek dileğiyle,

Kitabımızı tutan avuç içlerinizden öpüyorum.

Sevgilerimle
Gülden Mutlu

"Hayatın en
neşeli
durakları,
yaptığımız şeyi
duyumsadığımız
anlardır."

DİKKAT

İnsan binlerce kaygı tarafından esir edilir. Zihni sabote eden bu kaygılar girdabında kaybolan insan yavaş yavaş neşesini de yitirir.

Hepimiz şunu yaşarız; kafamız başka yerlerdeyken işlerimizi yaparız. Bir hatırlasana çay içerken zihin gerçekten orada mı? İş yaparken, ev temizlerken, kitap okurken... İnsan duyularla yaşar. Duyu, hissetmek demektir.

Hayatın en neşeli durakları, yaptığımız şeyi duyumsadığımız anlardır. Bunu başarabilenler hızın esiri olmazlar. Gerçekten koklar, tadar, görür, dokunur ve hissederler. Bunu engelleyen en öncelik sebep, çocukluk deneyimleridir. Geçmişte sizi içinize kapatan, korkutan kaygılar, üzen şeyler o dönemlerde o duygulara bağlanmanıza sebep olur. Yani korku, kaygı, üzüntü gibi içinizde aşırılık bırakan duygular bir süre sonra sizi yutar. Zamanla duygularınızı engeller. Yani kaygı eğilimleriniz varsa şimdinin dikkatinden uzaklaşırsınız. Daha net söylemem gerekirse; en sık, en kolay içine girebildiğiniz duyguları bir düşünün. Eğer bu korku ise artık onun bağımlısısınız. Esiri olduğunuz bu duygu, duygularınızı tıkar. Siz dikkat kesilmeyi öğrenemezsiniz. Çünkü geçmişten gelen alışkanlıklarınıza göre siz en iyi korkularınıza dikkat kesilirsiniz.

Örneğin: Böyle biri doğada yürüyüşe çıksın. Ormanda gezerken toprak kokusuna odaklansın, yeşilin binlerce tonuna bakmaya odaklansın. İçinden bu dikkat kesilmeyi de gerçekten istesin. Korku altyapısı olduğu için sık sık bu konsantrasyon kesilir. Ve kişi kendini bir süre sonra istemediği şeyleri düşünürken bulur. Yani o esnada duygular, duyguları esir alır. Bu da neşeyi azaltır. Eğer "dikkat" sizde bir problemse ve geçmişteki duyguların esiri iseniz size evde, ofiste kendinize uygulayabileceğiniz bir teknik göstermek isterim.

➜ Rahat, sessiz bir alan bulun.

➜ İster oturun isterseniz uzanın.

➜ Derin nefes alın ve birkaç kez tekrarlayın. Nefesin sesini, geçmişini hissedin.

➜ Geçmişte sizi derinden etkileyen bir anıyı gözünüzün önüne getirin.

➜ Canlı bir görüntü izler gibi o görüntülerin içindeki kendinize odaklanın.

➜ O an, o durum içindeki ben hangi duyguyu yoğun

yaşıyor? (Üzüntü, endişe, korku, utanç, pişmanlık, vb.)

➜ O duyguyu bulduktan sonra gözlerinizi açın ve bu duygu üzerine yoğunlaşın. Her açıdan düşünün.

➜ Tekrar gözlerinizi kapatıp o ana gidin. Bu sefer o andaki kendinizin içine girin. Yani izlemek yerine tamamen o zamandaki kendiniz olun.

➜ Fark ettiğiniz, tanımladığınız o duyguyu dillendirin.

➜ "Ben şu an korkuyorum."

➜ "Ben şu an pişmanım" vb. cümleleri birkaç kez tekrarlayıp, duyguyu kabullenir hale gelin. Bir şeyi fark edip kabullenmezseniz onu yönetemezsiniz.

Bu egzersizi gerçekten kabullendiğinizi hissedene kadar deneyimleyin. Muhakkak bir gün uygulayıp bir gün ara verin. Neşenin hayatınıza misafir edilebilmesi için ağırlıkların gönderilmesi gerekiyor.

Derinlerdeki hapsedilmiş duyguları bulup, yüzleşip, barışmak, kabullenmek çok iyi gelecek.

Dikkatten sonra ikinci büyük adım "An"dır.

“An, dikkatin ev sahibidir.

Kapıyı dikkatiyle çalan herkesi içeri alır.”

an

Dikkat edebilmek anın içine giriş için kapıyı açmak gibidir. İnsan neşeye "an"da aktif olarak ulaşamaz. Bir olayın, durumun içinde aktif olmak haz verir, bu da anlıktır geçer.

Ama "an"a seyirci olarak katılabilmek neşelendirir. Dışımızdaki dünya zihnimize göre daha yavaştır. Modern dünya bize rakamları dayattığı için çok fazla deneyimin kazanım olduğunu sanırız. Çok gezmek, çok izlemek, çok okumak yarışa dönüştü. Oysa kahvenin tadını alırken, fincanın içindeki telveyi izlemek, tabağın kıvrımlarını görmek, sırtının koltuğa dokunuşunu hissetmek, aldığın nefesle anın buluşması, sana kahveyi getirenin yürüyüşü, yüzündeki mimik, dilinden dökülen "afiyet olsun" temennisi gibi her şey andır. Kaçırılmamalıdır.

Eskiden insanlar yağmurlu havaları severdi. Şimdi ekranlarda haber kıtlığı olduğu için tıklanma arzularından dolayı yağmur haberlerini; tedbir, tehlike, korku duygusu ile paketleyip veriyorlar. Yağmurun getireceği felakete odaklanmaktan yağmuru izleyemiyoruz. Havanın yavaş yavaş kararması, bulutların bir araya gelmesi, en açık tondan en koyu tona doğru yol alması, tek tek damlaların saçının bir kenarına düşmesi ve o hissin insanda var olması.

An, dikkatin ev sahibidir. Kapıyı dikkatiyle çalan herkesi içeri alır. İnsanın yapması gereken tek şey anın içinde seyirci iken tebessüm etmektir. Doğanın her durumu içindeki canlılarda tebessümüyle cennet olur. Hayvanları somurtkan göremezsiniz, muhteşem dikkat ve o an odakları vardır.

Son zamanlarda hayvan depresyonlarından bahsediyorlar. Hayvanlar, insanlar yüzünden depresyona girerler. Doğa yüzünden depresyon yaşamazlar. Toprağa, ağaçlara verilen zararlar ve betonlaşma yüzünden; onlara izin vermediğimiz yaşam alanları, evlerimize alıp gereken ilgiyi göstermememiz yüzünden depresyona girerler. Onlarda koku bağımlılığı vardır. Yaşam alanlarındaki kokular onların güvenlik alanlarıdır. Bu yüzden aidiyet için o alanlara koku bırakırlar. Alanları daraltıldığı ve yok edildiği için artık sık sık yer değiştirmek zorunda kalıyorlar. Evlerimizin içinde de hem evin kokusunu hem de bizim kokumuzu kodlarlar. Gereken ilgi azalınca koku da azalıyor ve bu tehlikeli değişimden rahatsız oluyorlar. Yani tüm hayvanlar neşelidir, insan rahatsızlık vermediği sürece.

Gelelim üçüncü adıma.

SESSİZ DURUŞLAR

Hiç düşündünüz mü neden dinlerin ibadetlerinde sessizlik ve durma var. Namaz, oruç, meditasyon, dua anı vb. Hep akıldan bahsederiz. Akıl mertebesi düşüncenin olduğu boyuttur. Akıl her şeye tümel bakıştır. Her kavramın hakikat nazarında karşılık bulduğu yerdir. İnsan düşüncelerinden hastalanmaz onu zora sokan fikirleridir. Fikirler tikel, düşünceler tümeldir.

Örneğin; din dediğim zaman fikrimiz; Müslüman, Hıristiyan diye ayırır, her biri ile ilgili fikirler üretir, sonra kendi ile ilgili fikir getirerek inanan, inanmayanlara odaklanır. Kendisi inanıyor mu, inanmıyor mu ona odaklanır ve bu fikirler yumağı böyle gider. Cehalet, bilgi eksikliği varsa yobazlığa kadar gidip, diğer dinden olanları ötekileştirebilir. Ama "Din"e dair düşünce tüm insanlarda aynıdır. Düşünmek, dine dair açıklananın yapıldığı, kavramsal çıkarımların olduğu üst boyuttur. Tamamen tümeldir, ötekileştirme yoktur. Duygulardan uzaktır. İnandırmaya çalışmaz, inançla ilgilenmez, kavramı açıklar bırakır. Kur'an-ı Kerim'de akla dair çok fazla ayet olduğunu biliyoruz. Bu konuda yetkinliğim yok, haddimi aşmak istemem ama örnek verebilmek adına Enbiya Suresi 10. Ayet'e bakalım:

Lekad enzelnâ ileykum kitâben fîhi zikrukum, e fe lâ ta'kılûn?

1.	lekad	: andolsun ki
2.	enzel-nâ	: biz indirdik
3.	ileykum	: size
4.	kitâben	: bir kitap
5.	fî-hi	: onun içinde (vardır)
6.	zikru-kum	: sizin zikriniz
7.	e fe lâ ta'kılûne	: hâlâ akıl etmez misiniz?

Defalarca akla vurgu yapılmış. Zihnin akıl mertebesi ötekileşmenin olmadığı, herkesin insan kabul edildiği, tüm kavramların açıklandığı, çıkarımların yapıldığı bir boyuttur. Şöyle sıralayalım isterim:

Zihnin 3 mertebesi

AKIL

DÜŞ (HAYAL)

DUYULAR

Duyular en tatlı mertebe. Yeme, içme, cinsellik vb. yani arzuların olduğu yanımız. Bu boyutta edilginlik vardır. Hatırlayalım, duyu his demekti. Acıktım, uykum geldi, sinirlendim, âşık oldum, korktum, arzu ettim vb. hisler sürekli edilgin olduğumuz boyuttur. Zihnin duyular boyutunda hareketlenmesi ile oluşan şeylere fikir denir. Yediğimiz tatlı, aldığımız telefon, çocuklarımız, eşimiz, yaşadığımız ülke, inandığımız din, günlük hava vb. her şeye dair fikirlerimiz vardır. Fikirler tikeldir yani bize özeldir. İyi ve kötü fikirler vardır. Bize iyi gelir ya da gelmez. Markalar alıcı üzerinde onlarca iyi fikir oluşturmak isterler. Futbol takımları, siyasetçiler, medya fikirlerle ilerler. Herkes fikrine uygun olanı tercih eder.

Sosyal medya fikirlerin yoğun olduğu, düşüncenin yok denecek kadar az olduğu bir alandır. Fikrin çoğulu yani yoğunluğu efkâr getirir. Kafanıza bir şeyi takıp abarttığınızda efkârlanırsınız. Artık çok efkârlanıyoruz. Fikirler ağır gelince kafayı dağıtacak şeyler arıyoruz. Sosyal medya, telefon bağımlılığı, ekran bağımlılığı, alkol, uyuşturucu, aşırı tüketim, gerçek olmayan aşk bağımlılıkları vb.

İçiyle baş edemedikçe dışında uyaran arıyor ama bilmiyor ki dışında uğraştıkları hep duygusal. Yani uğraştıkça yeni fikirler geliyor. Fikir, kötü değildir. Olumlu olumsuz gibi düşünelim. Duyularda fikir vardır. Fikirlerin olduğu yerde isimler vardır. Yani Ali, Ayşe ve diğer isimlerle ilişkimiz duyulardadır.

Diyelim ki hakkında olumsuz fikirlerimiz olan bir kişi öldü. Hemen "Konuşmayalım o da insan sonuçta" deriz. Neden? Hiç düşündünüz mü? Çünkü zihnin soyutlanma becerisi vardır. İnsan duyularda akla ya acıyla ya da bilgiyle gelir. Akılda yani tümelde insan vardır. Ali ve Ayşe duyudadır. Yani fikirlerde. Bu yüzden biri ölünce, kalanın zihni akla ulaşır, her şeyi soyutlar ve üst mertebeye ulaşır. Yaradan'ın akla yaptığı vurgu buradan gelir. İnsan akla ulaşınca savaşmaz, öldürmez, ötekileştirmez, hastalanmaz. Demek ki her insan dünyaya geldikten sonra bir isim alır, yaşamı duyularla deneyimde geçer. Acı çeker, zevk alır, düşer, kalkar ve tek amacı vardır: tekâmül etmek.

Tekâmül etmek, olgunlaşmak demektir. Zamanla tümele yani akla gelebilmek için bu dünyadayız. Neden dünya ülkeleri savaşıyor, neden arzular yüzünden zalimler çok, neden psikolojik rahatsızlıklar arttı, neden insanlar birbirinden farklı cemaatlere sığınıyor, neden cinayetler var, neden hayvanlar zulüm görüyor, neden her gün kavga eden insanlar var, neden gündüz kuşaklarında evlendirme, eş bulma, tartışma programları prim yapıyor, neden marka takıntıları arttı? Çünkü hepsi duyular dünyamıza, fikirlerimize hizmet ediyor. Yarışma programlarında taraftar yaratma buradan gelir. İzleyici biri hakkında fikirler oluşturur ve ona bağlanır. Duyularda arzu vardır. Şehvet ve iştah buradadır. Altını çiziyorum burası kötü değildir, yanlış olan hep burada yaşama bağımlılığıdır. Çok hızlı yaşadığımız için sürekli fikirlerle iç içeyiz. Elimizdeki telefon, televizyon zihnimize sadece fikir depoluyor. Akla gelecek zaman oluşturmuyoruz. İki tip insan var artık. Birincisi canı sıkılan, ikincisi canı sıkılmayan. Canı sıkılmayanlar sürekli duyularda yaşar. Hep haz peşindedir hep. Kendine uğraş bulmak ister, geçici olumlu fikirler depolar. Estetik ve güzellik kavramlarıyla yaşar. Tek kalmak istemez, kalabalığı sever, iç sesini duymak istemez. Canı sıkılanlar ise duyularda birçok şeyi yaşayıp bunların mutlu etmediğini fark edenlerdir. Bir süre sonra her şey anlamını yitirir. Aynı şeyleri yapmaktan sıkılırlar. Canı sıkılanlar zamanla arayışa girer. Dünya onları rahatsız etmeye başlar, haz bağımlısı olmak istemezler. Bu sefer gerçeği aramaya başlarlar. Bu hakikate yapılan yolculuktur. Bilgi arayışına girerler. Ama buranın bedeli tek kalmaktır. Şunu da sorabilirsiniz; peki duyularda yaşadıklarım mutlu etmiyor mu?

Sevişmek, yemek yemek, yeni bir eşya almak vb. bunlar mutluluk değil, hazdır. Dış dünya beklentime cevap verirse haz alırım, neşelenirim ama beklentime cevap alamazsam üzülürüm. Neşe de üzüntü de geçici olduğu için insan yaşadığı yere sıkışır. Kendini ve durumunu sorgulamaya başlar. Kariyer yaptım, para kazanıyorum, istediğim şeyi de alıyorum, sevgilim var, tatile çıkıyorum vb.

"Peki neden hâlâ bir eksiklik var içimde?" diye sorularla kalır. Sebebi, her şeyin gelir geçer olması. Peki bunlar mutluluk vermiyorsa mutluluk nedir? Şunu da araya sıkıştırmak isterim. Antidepresanı sık kullananlar, olumsuz fikirlerden yoruldukları için isterler. Onları sabote eden geçmiş fikirlerinden aşırı rahatsız olurlar. Antidepresanlar olumsuz fikirlerin getirdiği istenmeyen duyguları keser. Eğer sizin de canınız her şeye rağmen sıkılıyorsa akıl sizi çağırıyor diyebilirim. Bu dönemler muhakkak bilginin peşine düşmek lazım. Kitap okumak, araştırmak gerekir. Yeni bilgilerin oluşturduğu hayretlenmeyi yaşamanızı öneririm. Hayretlenmenin en yoğun dönemi çocukluktur. Hiçbir şey bilmedikleri için, zihinleri her şeyi öğrenmeye açıktır. Hayretlenme çok sık olduğu için enerjileri yüksektir, korkusuz ve güçlü olurlar. Tabii ki anne babaları olumsuz fikirler güdüleyene kadar bu böyle devam eder. Mutluluğa geri dönelim.

Mutluluk saadettir, saadet ise huzur demektir. Huzur, hazır olana gelir. Hazır olmak ise durmak demektir. İnsan durmayı bilmeli ve insan genellikle de akla gelince durur. Yani durduğumuzda akıl devreye girer. Şimdi bu konunun içine girelim yavaş yavaş. En altta duyular var dedik, biraz içine girdik. Şunu da unutmayalım halkın çoğunluğu duyuları sever. Cehalet ise akıldan yoksunluktur. Sürekli duyularda bağımlılık yaşayanlar akla gelmek istemez. Onlara göre akıl sıkıcıdır, saçmadır. Para, güç, skor ve rakamlar onlara yeter. Kendilerini tanımladıkları yer para ile ilişkilidir. Cahil, dışındakileri bilmeyene; hadsiz, içindeki kendini bilmeyene denir. Tabii ki eleştirip kınamıyoruz. Ama şunu bilmek gerek ki, onları ikna edemezsiniz, kendinizi yormaya değmez. Cahil, başına gelen acılarla yükselişe geçebilir ama bilinçli insanlar ilimle yükselirler. Bazı durum ve şartlarda da akıl yerine duyular karşılık bulur. Örneğin; şiddet gören kadınlar, çocuk gelinler, itilmişler ve zulüm görenler, göçle gelen mağdurlar vb. genelde hepsi akılcı çıkarımlar yapmak yerine duyularına iyi gelecek şeyler isterler. Yeme, içme, barınma, korunma vb. ilk zamanlar için gereklidir ama zamanla bilinçlenme gerekir. Düşünebilme yetisi gelişmedikçe bu mağdurlarımız azalmayacak. Kaderci yaklaşımla daha çok bağımlı hale gelinecek.

Yaşamda hızla ilerlerken başımıza istenmeyen şeyler gelir ve acı çekeriz. İflas, aldatılma, boşanma, hakkımızın yenmesi, ölüm, hastalık vb. sayfalarca yazılabilecek acılar. Başımıza acı geldiğinde hızımız düşer. Dünyada koşturan insan yavaşlar. İlk aşama yoğun sorgulamalar yaşanır. Fikirler havada uçuşur, inkâr edilir, öfke, kızgınlık gibi aşağı çeken ne kadar duygu varsa yaşanır. Acıların asıl sebebi duyulardan akla yolculuk yapabilmektir. İki tip reaksiyon çıkar karşımıza. Bazı kişiler, başlarına bir felaket geldiğinde akla yükselemediği için duyularda kalır. Olumsuz duygular onları intikam almaya sürükler, yıllarca takıntılı bir şekilde sürdürür, kendini yok eder, cinayet işletir, kötülük yaptırır. Bazıları ise gelen acıyı karşılamayı bilir. Sebep sonuçlarına odaklanır. Ders çıkarana kadar devam ederler. Yeryüzünde başımıza gelen acılar bizi yavaşlatır demiştim. Bu boyutta insan ikinci aşamaya geçer, düşler sokağı. Yani hayal gücü. Bir süre sonra acının içindeyken daha güzel günleri hayal etmeye başlarız. Peki her hayale ulaşır mıyız? Hayır!

Bazı hayallere ulaşırız ama bazı hayallerde o can yakan anın sıkıntısından kurtarır. Genelde seminerlerimde bu boyutu karıştıranlar şöyle sorarlar:

➜ Duyularda hayal yok mudur? İlla acı mı gelmesi lazım?

Örneğin; güzel bir kadını, yeni bir arabayı, zengin olmayı, hoş bir yemeği düşünmek hayal değil midir? Duyularda çoğunlukla fantezi vardır. Yani sonu sizi hazza götürüyorsa fantezi; kurtuluşa, huzura götürüyorsa hayaldir. Acının üç aşaması vardır. Bu bilgi *Mesnevi*'de çok derinlemesine anlatılır. Acı önce devran eder. Sağa sola, duvardan duvara vurursun kendini. Çoğu zaman kimseye anlatamazsın. Her şey birbirine karışır. Zihnin darmadağınık olur. Öfke, üzüntü, inkâr ne varsa bu boyuttadır. Zamanla devran yerini seyrana bırakır yani seyran eder. Seyre dalarsın, içinde çok kalmaktan sessizleşirsin. Dünyayı, dışındakileri sessizce izlersin. Başına gelen acıyı, sana yapılanı seyirci gibi izler, hakikati ararsın. Zamanla seyran yerini hayran olmaya bırakır. Çünkü başına gelenden bir ders çıkarırsın. İlk aşamada isimler önemlidir. Ali, Ayşe bana bunu yaptı gibi. Sonlara doğru soyutlanma yaşanır. İsimler gider hadise kalır. Bir ders çıkarırsın ve çıkarımına hayran olursun. Eskilerin acıdan ders çıkarmak dedikleri budur. Tabii bunu insan bilinçle yapmaz. Zihnimiz buna meyillidir. Yani acı önce devran eder, sonra seyran olur, en sonunda hayran eder. Duyulardan düşle yukarı doğru yol aldık yani akla geldik. Zihnin hareketlenmesiyle duyulardan oluşan şeylere fikir demiştik. Zihnin hareketlenmesiyle akılda oluşan şeylere düşünce denir. İnsanlar fikirde ayrı olabilir, düşüncede kesinlikle aynıdır. İnsanlığın buluştuğu noktadır.

Size sorarım, sizce bizim ülkemizde fikir sahibi mi çok, düşünce sahibi mi? Şöyle bir örnek vermek isterim. Diyelim ki iletişim problemi yaşayan bir çifti görüşmeye aldık. Beyefendiye sorduk:

➔ Eşinizle ilgili fikirlerinizi alabilir miyim?

➔ Eşim çok kaygılı, kısıtlayıcı ve mükemmeliyetçi. Bu beni çok zorluyor. Sürekli tartışıyoruz. Sevgimiz azaldı, hep kavga ediyoruz, beni dinlemiyor vb.

Yukarıda anlattığı her şey eşine dair fikirler. Bunları abarttıkça fikirler efkâra dönüşecek ve bu durum iyice zorlaşacak.

➔ Peki düşüncenizi alalım; diyelim ki eşinin adı Esra. Esra'nın akıldaki karşılığı kadındır, insandır.

➔ Eşim sonuçta bir kadın. Kadınlar duygusal olarak erkeklerden farklı. Kaygıya daha meyilli. Tüm tartışmaların altında anlaşılma problemlerimiz var. Kadınlar anlaşılmadıklarını hissedince daha baskıcı olabilirler. Anlaşılmamak sevgiyi perdeler.

Yukarıdaki yorum düşüncedir. Bakın ilk yorumda herkes aynı olmayabilir ama son yorumda dünyadaki herkes aynıdır. İşte, insanlık akılda birdir. Öteki yoktur, kavga yoktur; kavramı anlamak, yorumlamak vardır. Ama ne yazık ki düşünen toplum isteriz, eylemde fikir sahibi topluma evriliriz. Düşünce programları reyting almaz. Bu sebepten ülkedeki gündüz kuşağından spora, haber kuşağından magazine kadar her şey reyting ister. Farkında mısınız haber programları bile duyularımızı hareketlendirecek yayınlar yapıyor. İnternet videoları yayınlamak, hayvan videoları, kıl payı kurtulan hayatlar, şiddet videoları, komik videolarla belli bir his uyandırma derdine düştüler. Bizi düşündürecek şeyler ilk başta can sıkar ama can sıkılmadan yükselemez insan. Bence evlerde, belediyelerde, iş yerlerinde, ekranlarda düşünmeyi geliştirecek sohbetlere ihtiyaç var. Her insan duyuların içinde yaşarken ara ara akla gelebilmeli. Sadece acıyla değil bilgi ile de gelineceğini söylemiştik. Acilen kendinize sessizce durduğunuz her şeyi fikirden düşünceye alacağınız anlar öneriyorum. Nasıl diye sorarsanız; kendinizi haftada en az iki gün sessizliğe bırakın. O konsantrasyon sizi farkında olmadan yükselişe alacak. Birkaç benzetme kullanmak isterim.

Beden, duyudur.

Ruh, akıldır.

İkisi bir arada dünyadadır. Ruh dünyayı sevmez, beden ise arzu eder.

Ruh, soyutlanmak ister, ezelden tüm bilgiye sahiptir. Beden bilgileri hatırlamamızı engeller.

Bilgi, hakikatin bilgisidir. Ve dünyada iradem dışındaki acılar ile irademle bilgi peşinde edindiklerim ezelden bende olan gerçekleri önüme getirir. Galiba Allah, aklını kullan derken, bilgiye gel diyor. Kimseye yüklenemeyeceği dert vermem derken, hayal gücünden bahsediyor. Cenneti anlatırken de duyulardan bahsediyor olabilir mi? Gerçek, akılda acılarla baş edebilmek, düşte ise bize kalan dünyayı anlamaktır.

Hazları fark etmek, onlarla yaşamak, bağımlı olmamak. Bu gözle dinlerin ibadetlerine bakınca hepsinde şunu görüyoruz: Duyulara, iştaha ve şehvete ara verince direkt akıl devreye giriyor.

Biz Yaradan'ın bilgisini yeme içmede arıyoruz. Karnımız doyunca, eşyalara sahip olunca edilen şükürle oluyor mu gerçekten? Daha bilinçli olmak gerekmiyor mu sizce de?

Mükemmel olamayız, böyle bir amaç bile kibirden gelir. Mükemmeliyetçi de olmamalıyız, bu boş bir zandır sadece. Mükemmel olan doğayı, dünyayı hatalar, yanlışlarla buluyoruz.

Başımıza gelenlerden çıkarımlar yapıp, her olayın sonucunu alıp ders etmeliyiz. Yoksa her şeyi dert ediyoruz.

Başımıza gelenler bizi yok etmek için değil bizde var olan muhteşem bilgiye ulaşmak için bir fırsat. Günahkâr, günahtan kaçtıkça; hatalı, hatasından korktukça; yanlışlar, yanlışı yok saydıkça; tüketim, arzular arttıkça; belalar, iyilik azaldıkça; korkular, sevgi yok oldukça artıyorsa şunu hep hatırlamak lazım. Bunların hepsi düşünemedikçe oluyor. O zaman hepimize akıl lazım. Aklıyla inananlar ötekileştirmez. Kimsenin eteğiyle, başörtüsüyle ilgilenmez. Başkasının inancına değer biçmez. Kendisini en iyi zannetmez. Kucağı herkese açıktır. Çiçeği koparmaz, dalından koklar. Evlatlarını hırsına göre değil kendilik haliyle yetiştirir. Kadına insan gibi bakar, hayvanların yaşamalarına sebep oluşturur. Kelimelere takılmaz, özgüvenini hakikatten alır;

Az uyur

Az konuşur

Az yer

Daha çok mücadele eder, biriktirme yerine paylaşır. En büyük sadakası tebessümdür. Dünya üstüne gelmez, dünyanın üst boyutuna çıkar. Kişilerle değil, fikirlerle ilgilenir, dedikodudan sıkılır, sohbette fayda arar. Tek kalmayı sever, okur, araştırır. Rekabete girmez, ölümü kabullendiği için yaşamın hakkını verir. Hedeflerinden vazgeçmez. Olanları çabuk kabullenir, elinden gelmediği zamanlar oluruna bırakır.

Bırakın kendinizi bazen bırakın dünyayı. O zaman göreceğiz hepimiz illizyonu.

DUYGULAR VE DUYULAR

Duyu, his demektir, hissetmektir. Anda yaşanılan ne varsa insan bunu hissetmeli. Acıkmak, uyumak, neşelenmek, kızmak, acımak, üzülmek vb.

Duyu, anla ilgili olduğu için insan şimdiki zamanı geçmişin kitlenmiş duyguları yüzünden yaşayamaz.

Geçmişinizde zorlantı yaşadığınız bir an varsa oraya kitlenen duygularınız önemlidir. Çünkü o geçmiş sürekli şimdinin neşesini, odağını, dikkatini alır.

Örneğin; çocukluğunuzdan kalan bir kaygı haliniz var ve sürekli her şey sizi kaygılandırıyor. Bu sebepten şimdiki zamanda birçok şeyin tadını kaçırıyorsunuz. Bir türlü keyifli olamıyor, her tebessümden sonra eskiye dönüyorsunuz, mimiklerinize kaygı yerleşiyor ve bu bilinçsizce oluyor.

Diyelim ki şu an sizi öfkelendirecek bir şey oldu. Bu çok normal ve bu tepkiyi yaşadığınız ana vermeniz lazım. Geçmişten gelen bir deneyim varsa şimdinin öfkesine geçmiş de eklenir ve siz kat kat fazla reaksiyon verirsiniz. Sağlıklı olan durumsal tepkilerdir. Yani olana anda tepki vermek. Genellikle geçmişten biriktirdiklerimizle veririz tepkileri ve istenmeyen sözler, davranışlar çıkar. Eğer siz de gün içinde odak problemi yaşıyor, neşelenemiyor ve keyfiniz hep yarım kalıyorsa bu durumun üzerine gitmelisiniz.

Zaten en büyük problemimizdir anı kaçırmak. Psikolojik problemlerin de temelidir. İyileşmeyi zorlaştırır. Önemli olan her duyguyu yerinde yaşamak ve orada bırakmaktır. Çok güzel de çok kötü de olsa yaşayıp orada bırakabilmek. Sonraya anı yapmak ama bastırmadan yarına götürmemek.

Biliyorum zor ama imkânsız değil.

Yani geçmiş duygularınız şimdiki duyularınızı yok etmesin.

Öyle insanlar vardır ki; gittiği her yerde depoladıkları duyguları götürürler. Yüzlerinde hep o ifade vardır. Hep öfkeli hep hüzünlü hep kaygılı hep kızgın hep korku dolu hep kıskanç hep utangaç vb.

Ne nefes alabilirler ne de yaşadıklarını gerçekten yaşayabilirler. Ve ilginçtir hep bu bastırdıkları duyguları tetikleyecek olaylar, insanlar çıkar karşılarına.

Bu da kendilerini hep haklı görmelerine neden olur.

Oysa başlarına hep aynı şeyler gelmez, onlar içlerinde olanı dışlarında yakalarlar.

Şöyle bir örnekle açıklamak isterim:

Değersizlik duygunuz yüksek ve saklı. Her gittiğiniz yerde sizi değersiz hissettirecek olayları arar bulursunuz. Bu bazen mağazada kasiyerin sizinle ilgilenmemesi bazen de sevdiğiniz bir arkadaşınızın sinemaya sizi çağırmaması olabilir. Aslında öyle bir şey yoktur ama siz o durumu gerçeğiniz haline dönüştürebilirsiniz.

Bazen gerçekten sizi rahatsız edecek olaylar olur ama bu geçmiş deneyiminizi haklı çıkarmaz. O sadece an'da olandır. Yani her durumun anılara depolanması gerekmez.

Kısacası geçmiş çözümlenmedikçe neşe gelmez.

Peki nasıl yapacağız?

Öncelikle psikolojik destek öneriyorum ama kendim çözmek istiyorum diyorsanız:

– Sizi boğan, rahatsız eden ve sizinle sürekli yaşayan o olumsuz duyguyu bulun.

Bunu fark ederken en yakınlarınızdan destek alabilirsiniz. Sizi nasıl tanımladıklarına bakın.

– Akşamları yatağınıza uzanınca tek ve sakin bir ortam oluşturun.

– O duyguyu en yoğun yaşadığınız geçmiş deneyimi gözünüzün önüne getirin.

– İyice o anın içine girin.

– O duyguyu yaşadığınız zaman diliminde duyguları içinizde yoğun yaşadınız ve sakinleşemediniz. O şekliyle depolandı ve üzerine yaşamaya devam ettiniz.

– Kollarınızı çapraz şekilde boynunuza dolayın. Birine sarılır gibi kendinize sarılın.

Aslında geçmişteki kendinize sarıldınız.

– O duyguyu yaşayan kendinize içinizden şu telkinleri fısıldayın:

– Sakin ol

– Yanındayım

– Değerlisin

Bu telkinleri defalarca, kendinizi iyi hissedene kadar yapmaya devam edin.

Sonra uykuya geçebilirsiniz.

Muhakkak ilk seferlerde rüyalar göreceksiniz. Rüyalar daha berrak ve net olacak. Rüyaları kendinize göre yorumlamayın. Öylece bırakın.

Bu egzersizi iki hafta tekrarlayın.

Amacımız geçmişte sıkışmış duyguları sakinleştirip, kabul edip, iyileştirmek.

Bu deneyim zamanla daha dinç yapacak sizi.

Anın tadını almaya başlayacak, görsel, işitsel ve dokunsal algınız gelişecek.

Sizi ara ara umutsuzluğa düşüren duygu durumunuz azalacak.

Yaşam daha tatlı gelecek.

Bu egzersizi yaparken, enstrümantal müzikler kullanabilirsiniz.

Israrla deneyimlemenizi öneririm.

Ayrıca olumsuz geçmişin illa çocuklukta olmasına gerek yok; ergenlik, yetişkinlik ya da bir kaç gün önce de olabilir.

Önemli olan o ana gidip o anın duygusunu yaşayan kendimize sarılıp, kendimizi sakinleştirmek.

İnanın bu davranışı başkalarına hep yaparız.

Bir yakınımız kendini kötü hissettiği zaman; elimizle omzuna, boynuna-dokunup:- sakin ol, yanındayım deriz.

Biz bunu ele yaparız ama kendimizi hep ihmal ederiz.

İşte bu egzersiz kendimizi sevmekten öte kendimizi sakinleştirmek için.

Çünkü bizler hep güçlü olmak ya da güçlü gözükmek adına sakinleşmeden, o duyguyu çözmeden yaşama devam ederiz.

Peki neden boyun bölgesi? Bebekleri, çocukları hatırlayın. Kucağımıza aldığımızda boynumuza başlarını koyup uyurlar. Boyun bölgesi mahrem bölgedir. Dokunsal hafıza ve koku boyutu oradadır.

İnsanın sırtını, boyun bölgesini sıvazlamak oradan gelir.

İnsan önce kendine iyi gelmeyi bilmelidir.

Kendimize akıl vermek, yetişkin modumuz.

Kendimizi sakinleştirmek, anne baba modumuzdur.

İki modumuzu kendimize sırasıyla kullanabilmek gerekir.

Bakın evliliklere, aşklara, dostluklara hep böyledir, böyle olmalıdır.

İnsan sevdiğini sakinleştirebilmeli sonra akıl fikir verecekse, öneride de bulunacaksa yapmalıdır.

Ama önce siz

Önce sizin kendinize anne baba olabilmeniz.

Kitabı elinizden bırakınca bir denemenizi öneririm.

aşka düşünce insan

Bir çözülemedi aşk kavramı.

Yerine koyamadık, belki de hakkını tam veremedik sevginin. Öyle olmasaydı biter miydi bu ilişkiler, evlilikler!

İnsan anlayamadığı şeyi yaşayabilir mi?

Öyle çevremizde, ekranlarda, dizilerde gördüğümüz şeyler aşk mı peki? Biz başkasının ilişkisinin seyircisiyiz ve seyirci her zaman beklentisini, inandığını izler. Bir anlam katar ve sahiplenir.

Peki çoğu gerçek aşk gerçek sevgi değil desem!

Kimse aşkı ve sevgiyi tam anlamıyla anlatamaz. Zaten bunun uzmanlığı da olmaz. Sadece bu kavramların kıyısından köşesinden dolanıp anlatmaya çalışabiliriz.

Bana çok sorarlar, siz aşkı nasıl yaşadınız da böyle anlatıyorsunuz.

İnsan âşık iken aşkı anlatamaz.

Hepimiz idealize ettiğimiz aşkı anlatabildik.

Aşkı yaşayana aşk sorulur mu? O Zaten bilincinde değil, bilince gelmeyeni nasıl tarif edebilir insan?

Bu sebeptendir ki her sektörün pazarlama tekniğidir aşk. Sizi bir arabaya, eve, elbiseye, kediye, kadına, erkeğe, şarkıya, Tanrı'ya âşık etmeye çalışırlar.

Bu zorlantı aşk getirmez sadece Tutku getirir.

O zaman genellikle deneyimlendiğimiz ve izlediğimiz Tutku'dur. Tutku pasif bir sevgidir. Tutku hissettiğimiz şeyin kontrolsüz etkisinde kalır, pasifleştiririz. Bizim hiçbir etkimiz yoktur yani hep edilgin durumdayız. Onun bizi iyileştireceğini, mutlu edeceğini sanır, yanılsamalar yaşarız. Güvenliğimizi sağlar, kaygılarımızı azaltır, korkularımızı bitirir. Öyle bir imaj yaratırız ki o varsa varız yoksa yokuzdur. Tutku hep gelip geçicidir. Ama modern çağın insanı bayılır bu Tutku'ya. Zaten altı ay ile bir sene arasında kalır. Biter gider. İnsanın pasifleştiği bir andır ve savunmasızlık, çaresizlik buradan gelir. Hiçbir doğaya uygun değildir. Zamanla zayıflatır, güçsüzleştirir hatta hasta bile eder. Hiçbir zaman tam tatmin olmaz insan, zamanla öfke ve nefrete dönüşür. Aşırı beklentiler karşılanmadığı için kişi iyice harap olur.

Hani o birbirimiz için yaratıldık efsaneleri hep ilizyondur. Ama iyi satar.

Kimse, kimse için salt yaratılmaz. Bu beraberinde eksiklik duygusunu da getirir. Ama insanlar bu pozları vermeye bayılır. Çünkü bu hale herkes gelmek ister ve zordur. Bunu duyurmak bunu yaşamayanların alkışlaması ile daha da pekişir. Bir tutam kıskandırma eylemi de vardır. Herkes bilinmek ister. Kimsenin olmadığı yerde iki kişinin tutkusu bir zaman sonra keyif vermez. Seyircisi, alkışlayanı, eleştireni olmadan anlamını da yitirir. Her anı yanılsama her deneyimi haz odaklıdır. Gelip geçicidir. Bu sebepten kalıcı mutluluk olmaz. Ama elinde değildir gelir, yaşatır ve gider. İnsan sevgide pasif kalırsa bağımlı, aktif olursa bağlıdır.

Tutku tamamen pasif sevgidir ve aşk zannedilir. Diğerinin üzerinde hâkimiyet kurma, aşırı kıskançlık, sahiplenme, sürekli denetim, kavga gürültü, şiddetli cinsellik, onsuz yapamama hali buradan gelir. Gerçek aşk, hakiki sevgi iyileştirirken Tutku kötüye götürür.

Peki aktif sevgi, aşk nedir?

Sahip olma arzusu yoktur, onu olduğu gibi sevme yani olma arzusu vardır. Onu nefes alırken, büyürken, değişirken, ağlarken, koşarken, hata yaparken, gülerken sevmektir. Kıskançlık, yönetme arzusu, yok sayma gibi durumlar olmaz. Seven iyi bir seyirci olur. Gerçek aşk, hapis etmez, köle etmez, köşe yastığı da etmez, özgürleştirir. Bu özgürleşmeyi sakın başına buyruk bırakma gibi görmeyin. Ayrı kalmayı, onu özlemeyi, onu düşünmeyi de sever. Olgunlaşma ile gelen bir süreçtir. Çoğunluk karşısındakini değiştirmek ister. Gerçek aşkta karşındaki sen zorlamadan iyiye doğru dönüşüme girer zaten. Aktif sevgi vardır. Yani bedel ödersin, emek verirsin, çabalarsın, izlersin. Sen aktif oldukça o daha değerli olur. Aktifleşmek onu pasif etmek değildir. Onun daha aktif olmasına izin vermektir. Halil Cibran ne güzel tasvir etmiş: Birbirinizi sevin ama sevginizi prangaya dönüştürmeyin, bırakın ruhlarınızın sahilleri arasından dalgalanan bir deniz olsun aşk. Birbirinizin kadehini doldurun ama tek kadehten içmeyin. Birbirinize ekmeğinizden verin ama aynı somunu ısırmaya kalkmayın. Birlikte şarkı söyleyin, birlikte dans edin, birlikte eğlenin fakat her biriniz tekliğini unutmasın. Lirin telleri ayrıdır ama tek bir ezgiyle titreşir.

O zaman insan sormadan edemiyor. Günümüz aşklarında herkesin birbirinin boğazına sarılarak yaptığı dans, eğlence, yemek, koşmak, gülmek nedir?

Tutku mudur, aşk mıdır?

Ben böyle izlediğim birçok ilişkinin sürmeyeceğini düşünürüm.

KORKU

Sevmekten korkarız, çünkü yitirmekten korkarız.

Sevilmekten korkarız, çünkü kendimizi sevilmeye değer görmeyiz.

Düşünmekten korkarız, çünkü sırtımıza sorumluluk yüklenmesinden korkarız.

Konuşmaktan korkarız, çünkü eleştirilmekten korkarız.

Duygularımızı dillendirmekten korkarız, çünkü reddedilmekten korkarız.

Yaşlanmaktan korkarız, çünkü gençliğimizin değerini bilmediğimizi geç anlarız.

Unutulmaktan korkarız, çünkü dünyaya iyi bir şey bırakmamışızdır.

Ölmekten korkarız, çünkü gerçekte yaşamayı bilmediğimizi çok sonra anlamışızdır.

“Varlığın sebebidir insan. Çünkü insan ezel vadilerinden ebed denizine akan bir ışık nehridir. Sonsuzluğun sonlu resmidir.”

Kimim Ben?

Varlık denizinde küçük bir noktadır insan... Varlığın sebebidir insan. Çünkü insan ezel vadilerinden ebed denizine akan bir ışık nehridir. Sonsuzluğun sonlu resmidir.

Kimim ben?

Hem sonsuz ölçüde büyük hem de sonsuz ölçüde küçük olan...

Ve aynı zamanda ikisi arasındaki en uzun yol.

Kat edilecek en yakın uzaklık, en uzak yakınlık.

Sen, binlerce yıl evvel, deniz ve rüzgârın sözcükleri sana hediye etmesinden önce; sık ormanlar içinde kaybolan benliğini arayan, zihni karışmış bir yaratıktın. Durum bundan ibaretken, yalnızca dünü bilen cılız seslerle eski günlerimiz hakkında nasıl yorum yapabiliriz? İnsan kalbi yardım için yakarır, insan ruhu kurtuluş için yalvarır. Duymadığımız anlamadığımız için çığlıklarına kulak vermeyiz. Ancak duyana ve anlayana deli deriz ve ondan kaçarız.

Kalbin, varlığının en kuytu derinliği, sen olan ezeli varlığın.

“Kalbini dinle.

Kalbindir sana bilmediğin sırların izini sürmeyi öğreten.”

KALBİNİ DİNLE

Kalbin senin tek yoldaşın, göz ağrın, ince sızın. Kalbini dinle. Kalbindir sana bilmediğin sırların izini sürmeyi öğreten. Kalbindir gecenin ve gündüzün sırrını bilen. Geceye gündüz gündüze de gecenin sırrını bağışlayan. Kalbine perde çekme. Kalbin ruhunun sönmeyen meşalesidir.

Yükseklere ulaşmak için zaaf gösterme. Kalbin doğruluğun yolundan ayrılmasın. Doğru bildiğin yol erdemin yolu olsun. Sana kolay olan ile zor olan arasında seçme hakkı tanındığında kolay yol senin tercihin değildir. Hiçbir şey için kimseyi suçlama ve başkalarının suçları senin suçunun tesellisi olmasın.

Ve bil ki, bir yüzün çirkinliğini hor görüp de aslında o hor gördüğünün gerçekte senin kendi maskelerinden biri olduğunu unutma.

“Düşündüğün bildiğinden azdır.
Bildiğinin farkında olmadıkça düşüncen
sevgiye ve iyiliğe yol almaz.”

YERYÜZÜ MEZARI

Yeryüzünde her şey senin emrine verildi. Doğanın intizamı, yerli yerindeliğine göre nizam verilmiş her şeye. Yeryüzünde soluk alan her şey bu kanuna göre nefes alıyor. İnsan kendisine yaratıcısı tarafından üflenen ruha kendi dünyevi kanunlarını biçti. Sevgiyi, ruhu ve sahiciliği yok etti. Arzularının esiri haline getirdi dünyayı. İçinde sevginin yeşermediği kuru otlar sardı her yanını. Etten ve kandan kendi acılı hapishanesini yarattı. İçine kalbini gömdüğün derin bir mezar kazdın kendine.

Kendi arzularının esiri olduğun bir mezar kazdın her gün yeniden, bıkmadan usanmadan.

Ruhun uslanmaz artık. Kalbin aklına isyankâr artık.

Gözlerini ne zaman güneşe çevireceksin.

Gölgenin takipçisi mi olacaksın.

Aklın ruhuna, ruhun aklına ziyan.

Ziyan içerisinde tükettiğin ömründe ruhun dört duvar arasında.

Düşündüğün bildiğinden azdır. Bildiğinin farkında olmadıkça düşüncen sevgiye ve iyiliğe yol almaz.

Dünyanın her zerresine nüfuz etmedikçe sevginin aydınlık yüzüyle de tanışamazsın hiçbir zaman.

Hep yanlış olanın kapısında nefes alıyorsun. Oysa yaşam hiçbir zaman ardında değil, görmediğin, farkına varamadığın sırların bir toplamıdır yaşam.

YALNIZLIK

Yalnızlığın kuyusu derindir.

En derininde kabuk bağlamış yaraların vardır. Hiçbir merhemin iyileştiremediği yaralar... Unutulmuş ve yalnızlığın kuyusuna terk edilmiş yaralar. Yalnızlığımız ömür törpümüzün tek ilacı. Yalnızlığın kuyusuna sarkıtacağımız bir ip yok. Yalnızlığımız kaybettiğimizi bildiğimiz tek teselli. Ömrümüz yalnızlığın harcıyla yoğrulur. Yalnız olduğunu bilmenin hakikati kendine yeten bir yaşamın mırıltısıdır. Sevgiyi, dostluğu ilmek ilmek ören saklı gerçeğimizdir yalnızlık. Hayatta yalnız olduğunu bildiğin müddetçe mücadele etmenin ateşi seni hep körükleyecek. Yalnız olduğunu hatırladıkça dalından düşen yaprağın hışırtısını da en derininde hissedeceksin. Çünkü sen ancak yalnızlığınla varsın. Yalnızlığın seni vefa duygusunun güzelliğiyle, kadir kıymet bilmenin o sonsuz gönül rahatlığıyla tanıştıracak.

Yalnızlık her kalbin ayrı bir saati olduğunu hatırlatacak sana. Kimse senin yerine bu hayatı yaşamayacak, sen kendi hayatının ışığıyla yalnızlığını bölüşeceksin.

ÖFKE ÇUKURU

Aklına hâkim olmazsan öfkene de hâkim olamazsın.

Öfken seni kibrinle vurur. Sen kibirlendikçe, büyüklük çukuruna battıkça peşinden seni izler bütün zayıflıkların. İnsan doğrularıyla, yanlışlarıyla, eksiklikleriyle bir bütündür. Önemli olan yanlışın farkına varmak, eksikliğini tamamlamaktır. Eksikliklerini, yanlışlıklarını kapatacak yegâne güç aklındır. Aklın senin varoluş elbisendir. Seni korur, sımsıkı sarar. Öfke ile hareket ettiğinde ne diline ne aklına sahip olursun. Dilinin sarf ettiği yanlış sözlerin, eksik yaşamların tutsağı olursun. Sen bu dünyaya bir köle olarak gelmedin. Sen bu dünyadaki tek nurani varlıksın. Varlığına giydirilmiş elbiseni, aklını hiçbir zaman kirletme.

Aklın senin süsün değildir. Varlık giysindir. Seni gerçeğe ulaştıran biricik güçtür.

Sen tek dilde var olmuş bir beşer değilsin. Diller içinde varlığa anlam veren gerçek ruhsun. Ruhunun yol göstericisi aklındır. Aklın seni ruhunun en temiz sayfasına açılan yolundur. Yolundan sapma, çünkü daha yürüyecek çok yolun var...

İnsan Her Şeyin Ölçüsüdür

Asalet kendini bilmenden gelir!

Kendi boşluğunun esiri olma. Yaşamak kendi boşluklarını doldurduğun zaman bir anlama kavuşur. Kendini bil, içindeki ideali yont. Çünkü sana bahşedilmiş bir sonsuzluktur içinin güzelliği.

Yaşama hapsettiğin tüm bencillikleri, kendini bilmezlikleri kır, parçala.

Kendinle yüzleş!

İçindeki sonsuzluğu paylaş; seni var eden ideali.

İdeallerin senin elindeki tek anahtarın. Önünde açılacak onca kapı varken başka kapılarda ayak sürüme. İstemek, hayal etmek senin bugününü ve yarınını kuracak bir sonsuzluk ülküsü.

İnsan her şeyin ölçüsüdür. Kendi ruhundan daha sakin ve huzurlu bir sığınak yok sana. Neye inanacağını, neye istek duyacağını ve ne yapacağını bilmek önündeki tek yol haritan. Çıkacağın bu yolculukta doğruluk tek ve gerçek rehberin olacak.

“İnsan uykudadır bu dünyada,
ölünce uyanır...”

DÜNYA

İnsan uykudadır bu dünyada, ölünce uyanır...

Rüya âlemidir bu dünya. İyi, kötü bildiğin ne varsa imtihanından geçtiğin bir dünyanın yolcususun. Yeter ki bir gaflet uykusuna dalma. Dünya senin imtihan yerin. İyiyi, kötüyü, acıyı, sevinci, hayata dair ne varsa her şeyi tattığın bir hayal âlemi. Hırsının esiri olmaktan kurtulup aklının rehberliğinde yol al.

Seni gördüğün kötü rüyalardan kalbine duyduğun inanç kurtaracaktır.

"Zamanı değil
bulutları adımlıyor düşleriniz."

KALP UYKUSU

Zamanı değil bulutları adımlıyor düşleriniz.

Gözlerinizde sevilmenin kıvancı, yüzünüzde bahar sevincinin ilk duyguları. Çünkü sizin bahçenizden esiyor güzellik. Aşk sizin bahçenizden nasiplenmiş. Sizin dudaklarınızdaki şarkılar beslemiş baharın umudunu. Mutluluğun başak vermesini... Sizin elleriniz beslemiş bu toprağı, bu sevdayı, bu inancı. Sizin paletinizden çıkmış tüm renkler... Sedef sedef, inci inci işlemiş kalbin renklerini. Umut hep yankı bulmuş sizin sesinizde. Umudun ışığı sizin gözlerinizde bulmuş rengini. Rengine renk, ışığına ışık katmış...

Aşk içinde yaşamış, sevgi ile kristalize olmuş...

Bir rüya olmuş adı.

Kendi ben'ine, iç ben'ine işlediği bir rüya...

Ve kalbin uykusu hiç gecikmemiş...

Geçmişinle kavga etme!

Çünkü bir de bakmışsın ki geleceğin de elinden uçup gitmiş.

Geçmiş

Geçmişi bir hayal cenderesinin içerisinde yaşıyorsun. Geçmişini bir karabasan gibi yaşadığında bugüne ait tüm düşüncelerin ve hayallerin de o karabasanın bir parçası haline gelir. Geçmişinde yaşadığın her olumsuzluğu hatırladığında tüm bu hataları tekrarlamaya da mahkûm olursun. İçinden çıkamadığın ve hep aynı durumları tekrarladığın bir çemberin içerisinde dönüp durursun. Geçmişine yaptığın bu yolculukta gidebileceğin bir yer, ayaklarını salimen basabileceğin bir liman yok. Geçmişindeki hataları, yanlışları, eksiklikleri pişmanlık duymadan kendine rehber kıldığın müddetçe bugününü de sağlıklı bir şekilde yaşayabilirsin.

Geçmişinle kavga etme! Çünkü bir de bakmışsın ki geleceğin de elinden uçup gitmiş. Geçmişine hâkim olduğun müddetçe bugününü de, yarınını da garanti altına alırsın. Geçmişin ve geleceğin ancak seninle var. Geçmişe yapacağın bir yolculuk için bilet satılmıyor, ama bugünün ve yarının için var.

Geçmişini yaldızlı cümlelerle parlatıp bugününün üstüne perde çekemezsin. Geçmişindeki tüm yanlışlarla ve doğrularla hesaplaşıp aklının rehberliğinde kalbine danıştığın gün hakikat arayışındaki yolculuğun da başlamış olacak.

Geçmişini an, bugününü düşün. Geçmişin gerçeklikten kaçtığın bir yaşam sahnesi olmasın hiçbir zaman.

Geçmişe ait her şey soluk bir hayal olarak kalmalı. Düne ait olan ne varsa hepsi artık bugünümüze ait. Bugünümüze ait olan her şey de geçmişimizi siliyor. Dünün kaygısı, sevinci, gözyaşı artık çok uzağımızda.

Geçmişimiz bir akıl tutulması. Bugünümüz ise yaşamın derinliklerinde varlığın sesine yankı veriyor.

GELECEK

Gelecek, bugününü elinde tuttuğun geçmişindir. Gelecek bir hayal perdesi değildir. Geçmişinden ve bugününden uzak, gerçeklikten uzak bir rüya ise hiç değildir.

Gelecek, geçmişinde ektiğin tohumları topladığın zaman dilimidir. Geçmiş masalsı bir hikâye, gelecek de imkânsız bir düşü çoğalttığın bir şey değildir. Hakikati dününde ve bugününde devşirdiğin yerdir gelecek. Kapanmayan tüm yaraları kapattığın andır gelecek. Ancak bugününde doğurabilirsin geleceği. Bugününde iyiliğe, güzelliğe, ütopyaya dair gebe kaldığın her şey gelecekte kendi doğum anını bekleyecek.

Sana kim olduğunu söyleyecek, gerçek benliğini sana bahşedecek bir gerçekliktir gelecek. Geçmişine, geçmişindeki hatalara sürüklendikçe geleceğin kıyılarına varman da o kadar güçleşecektir. Akıntıya karşı kürek çekme... Gerçekliğe karşı cephe alma. Kalbini dinle, o seni aklının buyruğunda geleceğin düş ormanında kendini bulmana yardım edecektir.

Gurur batağına saplanmış insan
kibrinden ödün vermez.

GURUR

Varlık ancak yoklukta görünür, aşikâr olur. Varlığın eksikliği, yokluğu gerçeğin aynasıdır. Kendine bu aynada bakmayan eksiktir. İnsan eksiklikleriyle, noksanlıklarıyla bütündür. Noksanlık eşrefi mahlukat olan insanın kemal vasfının aynasıdır. Eksiklik insan varlığının bu dünyadaki zayıflığı, eksikliği değildir. O nedenle bunu bilerek kimseyi, çevrendeki hiçbir şeyi hor görme. Bil ki horluk; böbürlenmenin, kendini üstün görmenin aynasıdır. Bu aynadan hiçbir zaman kendine bakma.

Kendi eksikliğinin farkında olan insan tam insandır. Benliğinin farkında olandır, olgundur. Kendini tam, eksiksiz, her şeyden münezzeh gören ise aslında tam bir zavallıdır. Zan içerisinde yaşar, hakikatin künhüne eremez. Dünya çölünde o ancak bir zavallı olarak vardır. Gurur batağına saplanmış insan kibrinden ödün vermez. Ruhu kötülükle doludur o kişinin. İlk benlik kavgası güden şeytandı. Benliğe kapılıp "Ben Adem'den daha hayırlıyım," demişti. Benliğe kapılma, kibir bulaşıcı bir hastalıktır. Ruhundan, benliğinden bu hastalığı uzak tuttukça tam olacak, insan olacaksın.

Kimim ben? diye kendine her sorduğunda varlığına tutulmuş aynanın aksini her daim içinde, yüreğinin en derininde hisset.

Benlik hastalığına yakalanmış pek çok insan göreceksin çevrende. Kibirli, ikiyüzlü, gerçek yüzünü senden gizleyen insanlar. Sana gösterilen her şey gerçek değildir, bunu unutma. Gördüğün suyun saf görünüşüne aldanma. Bil ki, her berrak suyun altında balçık balçık çamur da vardır.

Kendi ırmağında yıkan. Varlığının ırmağı kendini saf, temiz ve lekesiz gibi gösterirse de sakın aldanma. Her suyun altında bir pislik vardır, bulanmak için fırsat kollar.

Varlığının, benliğinin aynası ancak gururdan, kibirden uzak durmakla yansıyacak ve ruhuna ışık olacak.

GÜZELLIK

Bu dünya güzelliklerle doludur. Görmek isteyene her şeyde ve herkeste bu güzellik kendini gösterir. Maddi güzellik kısa ömürlüdür, ruh güzelliği ise sonsuz aşkın ışığını taşır içinde.

Güzel olan şey güzelliğini kendisinden alır, kendinden öte bir şey değildir. Güzelde ne övgünün ne de yüceltmenin payı vardır. Çünkü bir övgü hiçbir şeyi daha güzel ya da daha çirkin kılamaz.

Güzellik fanidir ve bil ki insanlardaki güzellik, iğreti bir yaldızdan başka bir şey değildir. Güzellik vefa ile kemâle erer. Sevdiğinde gördüğün güzellik onun gönlündeki, ruhundaki güzellikse ancak o zaman senin vefan bu güzelliği ömür boyu taşır. Güzel bir bedene duyduğun bağlılık ancak onun ömrüyle sınırlıdır. Güzellik geçicidir, varlık güneşinin ışığı ona emanet edilmiş sadece. Vakti geldiğinde o emaneti teslim edecektir.

Bütün güzellikler, kudretler, faziletler sana Allah'ın bir lütfudur. Varlığın güneşi olan Allah sana güzellikleri görmen için bir kalp gözü vermiştir. Bil ki gerçek güzellik ruhtan gelir. Güzel olanın yüzündeki seni şaşırtan o sonsuz güzellik, gerçekte güzellik güneşinin ruh, gönül ve beden camından vuran nurdur. Nuru camsız görmeye alış ki cam kırıldığında kör olmayasın. Şekle, surete, dış güzelliğe kapılma; her daim o güzelliği vereni düşün. Güzel olmaksızın o güzeller güzelini gönlünde bulmaya çalış.

Güneş ışığını duvarın üstüne de düşürür. Fakat suyun üstüne düştüğü gibi duvarı parlatmaz güneş. Suyun üstüne düşen ışığın güzelliğindeki hikmeti hatırla.

ADALET

Adalet nedir? Hiç düşündün mü? Adalet meyve ağacına su vermektir. Onu bir ömür boyu koruyup kollamaktır, üstüne titremektir. Zulüm nedir? diye soracak olursan, o da diken sulamaktır. Sen şu yaşam çemberinde meyveyi, çiçeği sulamayı bırakıp da dikene su taşıyorsan, onun dikenlerini daha da sivri hale getiriyorsan adaletten uzaklaşmışsın demektir.

Unutma ki, adalet bahşedilen nimeti yerine koymaktır, ehline teslim etmektir. Temiz akan suyun yatağını değiştirmek değildir adalet. Suyu bulandırmak hiç değildir adalet. Her su emen kökü sulamak değildir adalet. Su isteyen her köke su taşımak, dikeni büyütmek değildir adalet. Hakkı hak sahibine vermektir adalet, haklının ve doğru olanın yanında olmaktır. Haksızlık karşısında susmak da değildir. Hakkı olmayana değer vermek zulümdür, kendi benliğinden uzaklaşmaktır.

Sana verilen nimetleri boşa harcama. Akıl sana her zaman doğru yolu bulasın diye verildi. Göz sana her zaman doğru olanı göresin, ellerin ve ayakların da her daim doğru hedefe ulaşasın diye verildi. Sana verilen nimetleri manevi belalarla düğümlenmiş, aklı ziyana uğratan uçurumlara harcama.

Her şeyin bir hikmeti vardır. Bunu her daim hatırla. Her şeyi yerli yerine koy. Allah'ın yarattığı hiçbir şey boş yere yaratılmamıştır. Hepsinin bir amacı, bir hikmeti vardır.

Gücün haklı çıktığı yerde adalet olmaz. Güçlünün değil haklı olanın yanında yer almak seni haktan, adaletten yana haksever biri yapar. Haksever bir insan yalnızca haksızlık yapmaz, haksızlık yapma imkânı elinde olduğu halde yapmayan insandır. Doğrunun yanında olandır. Çünkü adalet şu kısa yaşam döngümüzde en büyük ve vazgeçemeyeceğimiz erdemlerimizdendir.

İnsanlar görürsün çevrende, adalet aşkıyla yanıp tutuşan. Kanma onlara, onlar ki sadece kendisinin haksızlığa uğrayabileceği korkusuyla adalet aşkına tutulurlar. Karşılıksız olarak doğruluk için adaletten yana ol.

AĞLAMAK

Ağlamak acıyı hafifletir. Kimi zaman gözyaşlarımızdan nehirler olsun, dolsun taşsın isteriz.

Gözyaşlarımız yüreğimize yağar...

Gözyaşı kutsaldır, zayıflık değildir. Hiçbir sözün dile getiremeyeceği, hiçbir şiirin çözemeyeceği sırları çözer gözyaşları. Gözyaşımız gücümüzdür. En derin acının, en derin sevginin, dile getirilemeyenin habercisidir çünkü.

Ağacın dalı ağlayan bulutun gözyaşlarıyla yeşerir.

Ağlayamadığın gün, gözyaşlarının kuruduğu gün kalbin de katılaşmış, taş kesilmiş demektir. Kalbinin anahtarı senin elinde. Ruhunu siper ettiğin tüm benlik günahlarından kurtul. Seni günahlarından, işlediğin hatalardan azad edecek, arındıracak tek şey kalbinin korkuyla titremesi değil, iyilikle ve hakka doğru ağlamaktır. Ancak arı bir kalple yaratıcının karşısında ağlayabilirsin. Gözyaşların günahlarının kefareti değil temizleyicisidir. Bunu unutma. Nasıl ki bulutlardan dökülen yağmurlar doğayı kirden arındırıyorsa, kalbinden dökülen gözyaşları da senin varoluşuna anlam katacaktır.

Gözyaşlarımız bu dünya kalbimizden sarkıttığımız varlık ipidir. Maharet gözyaşlarını kurutmakta değil, maharet gözyaşındaki hikmeti fark edebilmekte...

Bakmak

İnsan denizin üstünde dolaşan gemiler gibidir. Kimi zaman birbirine yaklaşır, kimi zaman da uzaklaşır. Kimi zaman birbirine çarpar. Kimi zaman birbirini gözetler. Denizin sonsuz uçsuz bucaksızlığında olduğu halde gözü bulanıktır, perde çekilmiştir gözlerine.

Kendisini hareket ettiren denizi göremez. Farkında değildir üstünde gezindiği derinliğin.

Baktığımız ve fark ettiğimiz şeylerle varlık gemimizi yürütürüz. Görmek tek başına bakmak değildir. Hakikat güneşinin varlığını ancak bakarak fark edebiliriz. Çünkü denizi gören göz başkadır, köpüğü gören göz başka. Bu dünyaya köpüğü gören gözle değil, denizi gören gözle bak. Gördüğüm köpük bir nişane, küçük bir sonuçtur nihayetinde. Oysa, deniz dalgaların da köpüğün de sebebidir.

Kendi beden geminde uykuya dalma. Beden gemini hareket ettiren suyun, o ilk kaynağın farkına var. Ruhuna üflenmiş hakikatin peşinden yürü.

"Hedeften uzaklaşmak kolay, hedefi tutturmak zordur. İyi olmanın tek yolu vardır. Doğru olandan ve adaletten **vazgeçmemek.**"

İYİ-KÖTÜ

İyilik sınırlıdır, doğruluk ise tektir. İyiliğin kendinde olduğunu fark etmek, iyiliğe alışmak zordur insan için. Oysa kötülüğün gerçekleşmesi çok kolay değil midir?

Hedeften uzaklaşmak kolay, hedefi tutturmak zordur. İyi olmanın tek yolu vardır. Doğru olandan ve adaletten vazgeçmemek. Kötü olanın ise pek çok yolu vardır. Her şey insanın elinde. İyi olmak da kötü olmak da bizim elimizde.

İnsanlar erdemli eylemleri, doğru olan şeyleri pek hayata geçirmezler. Fakat bunları öğrenmeye çalışarak erdemli olduklarını zannederler. Zan ve vehim içerisinde bir hayat sürer. İnsanın bu dünyadaki mutluluğunu da mutsuzluğunu da düşünceden eyleme geçtiği zamanlar belirler. Çünkü mutluluk eğer ki insanda saklı bir karakter olarak kalıp ete kemiğe bürünmezse o insan, erdemi ortaya çıkmayan uykuya dalmış erdemliye benzer. Mutluluk beklenilen ve istemekle elde edilen bir şey değildir. Mutluluk yaşadığımız müddetçe yaptığımız tüm iyiliklerin, doğruların bir toplamından oluşur. Ruh ve beden bütünlüğüne muhtaçtır mutluluk. Ruhun sahip olmadığına beden de sahip olmaz.

Ruhun gıdası bu dünyada yaptığın iyiliklerden başka bir şey değildir. Ruhunu ancak iyilikle ve hikmetle doyurabilirsin.

Hata

İnsan hata ile maluldür. Hatalarımız, bizi hayatta hep doğru olanın izinde yürümeye zorlar. Kusurlar insanı eksik yapmaz. Önemli olan kusurlarının ve eksiklerinin farkına varmaktır.

Hata bilgisizlikten kaynaklanır. Çünkü insan ancak o bilgiye sahip olmazsa hata yapar. Oysa insan olmanın doğasında doğru bilgiye sahip olmak vardır. İnsan öğrendikçe ve başkasına da öğrettikçe, sahip olduğu bilgiyi aklıselimin gereği olarak uygular ve akli erdemlerin doğasına riayet ederse kendi öz idealine, varlığına da geri dönmüş olur.

Doğru olanı, erdemli olanı bilmek çoğu zaman yeterli değildir. Aslolan erdemi ve doğru olanı hem öğrenmek hem de uygulamaktır. Hayata geçirilmeyen bilgi ziyan edilmiş bir hayattır. İnsanı hatalarından döndürebilecek tek gerçek, sahip olunan bilginin hayata geçirilmesidir. Çünkü insanları sıkıntılı zamanlarında imtihana tabi tutamazsın. Nasıl ki altının ateşle, insanın da iktidarla sınanması görünmeyenin altındaki gerçeği ortaya çıkaracaksa insanları da varlıklı dönemlerinde, gün ve kudrete sahip olduğu dönemlerde sına. İşte o vakit iyi olan iyiliğini, kötü olan da kötülüğünü gösterecektir. Doğru yoldan sapan, hatalarında ısrar eden insan hakikatten de çoktan uzaklaşmıştır zaten. Kendi benliğinin esiri olmuştur.

İnsanın nefsiyle olan mücadelesi en büyük imtihandır. Asıl doygunluk nefsini yenebilmek, sıkıntılara göğüs gerebilmek, gördüğü zararı güzellikle karşılayıp üstesinden gelmek, kararlılığı tercih edebilmek, heva meşakkate katlanabilmek, arzu ve tutumlarına karşı mücadeleyi aralıksız sürdürmektir.

ALIŞKANLIK

Alışkanlıklarımız kapanmayan en büyük yaralarımızdır. Hep bir şeylere alışmışızdır. Ya da en basitinden hep alışkanlıkların tutsağıyızdır aslında. Ve biliniz ki aslında insanları birbirinden ayıran en temel özelliklerden biri de alışkanlarıdır.

Alışkanlıklarımız vazgeçemediğimiz en büyük eksikliğimiz. Bizi egemenliği altına alıp istediği gibi yönetir alışkınlarımız. Neredeyse ikinci bir benliktir alışkanlıklarımız.

Çünkü insan, alışkanlıklarının çocuğudur.

Öyle ki, alışkanlık her güdüden, davranıştan, doğrudan, yanlıştan ve akıldan üstündür. Alışkanlık tüm bunların üstünde ve ötesinde.

Sevmeye, sevilmeye, yanlışa, haksızlığa, insana dair ne varsa alışırız. İyi alışkanlıklarımız, kötü alışkanlıklarımız vardır artık.

Alışkanlık, zaman duygusunun uykuya dalması ya da yorgun düşmesidir. Hayatın, gençlik yıllarımızda geçmek bilmemesinin de, sonradan gittikçe hızlanmasının da nedeni budur.

Alışkanlıklarımızın çocuğuyuz. Bunu yaşadığımız her an geçen her dakika daha da fazla kanıtlıyor.

DOĞA

Doğada hiçbir şey amaçsız ve boşuna değildir. Doğada her şey canlılar için yaratılmıştır. Doğada ne bir eksik ne de bir fazlalık vardır. Üstündeki sonsuz gökyüzünde bir eksiklik bulabilir miyiz?

Yeryüzünün saf olanını tortusundan, iyisini kötüsünden, temizini kirlisinden ayırt edebilmek için ruhunun gözleriyle bakmalısın doğaya. Doğada her şey bir denge içerisinde var olur. Mevsimlerin döngüsü, toprağın ölümü ve tekrardan dirilişi. Doğa boşluktan oluşmaz, boşlukları doldurur. İyi ile kötü arasındaki ayrımlara göre hareket etmez doğa.

Doğa insana bağışlanmış en büyük hediye. Doğaya katkıda bulunması gerekirken, aklının yaratıcılığıyla onun nehirlerine, ormanlarına daha çok su taşıması gerekirken tam tersini yapıyor insan. Yaratıcı olmak yerine hep yıkıcı oldu insanoğlu. Ormanlar yok oluyor, ırmaklar kuruyor, yabanıl yaşam ölüp gidiyor, iklim şirazesinden çıktı. Doğa her geçen gün daha da yoksullaşıyor, doğayla birlikte ruhumuz da çölleşiyor.

DÜNYA

Düşüncenin tabiatını bozmakla uzun süredir meşgul insancık. Keyfi ve muteber olan ne varsa her şey uçuk saçmalıklara, akıl dışılıklara hasredilmiş durumda. Bugün insan düşünmeme, sağlıklı düşünmeme hastalığından muzdariptir. İnsan varlığının sınırsız sayıdaki nitelikleri modern dünyada artık zaman ve mekân dışına itilmiş durumda. İnsan varlığı artık başlangıcındaki hedefinden oldukça uzakta. Refleksleri hep bilincin dumura uğratılmış hallerinden mürekkep. Özendiği her şey her durum artık çok uzağında. Dünyada başıboş gezinen bir virüs gibi canlılar dünyasının dengesini de bozuyor. Kendinden kurtulmak için başvurduğu her girişim yeni bir hastalıkla sonuçlanıyor. Bugün gelinen noktada uygarlığın huzursuzluklarına yeni huzursuzluklar eklemekten hiç de geri düşmüyor.

Bugün insan hayatın içinde kaybolmuştur.

Akli düşünmenin iplerini elinden bırakmak üzere. Oysa insan kalbinden daha yumuşak bir yastık bulamaz bu dünyada. Her şeyin bir muamma olarak göründüğü bir zamanda yaşıyoruz artık. Düşlerimiz, düşüncelerimiz ve eylemlerimiz sadece bir teselli bu dünyada. Kim olduğumuza dair arayışlarımız artık her zamankinden daha fazla can yakan bir soru. Ve artık biliyoruz ki dünya zararsız bir muamma. Zararsız ama sanki altında bir gerçek yatıyormuşçasına, onu anlamak için verdiğimiz çabalarla giderek daha da korkunçlaşan bir muamma...

KEDER

Bu dünyada başına gelen her şeyle bir imtihana tabisin. Sevinç ve mutluluk nasıl bir insana dairse unutma ki üzüntü ve keder de insana aittir. Sevinç ve keder insani hasletlerimizin özü ve özetidir. Üzüntü ve keder sevinç yolunu keserse üzülme, çünkü hiçbir zaman unutma ki içine düştüğün keder senin için sevinç ve neşe hazırlamaktadır. Gamdan, ıstıraptan mutluluk doğar, çünkü neşe ve mutluluk acılar içinde gizlenmiştir. Gönül evini gam temizler, sonrasında da sevinç ve mutluluk gelir. Başına gelen felaketi bir kötülük ya da son olarak görme. Bil ki, başımıza gelen her musibet, ıstırap bora gibi fırtına gibi gelip geçicidir. Gam, keder yakıp yıkar, kırar döker fakat en nihayetinde huzur ve mutluluk kaçınılmazdır.

Keder gönül dalındaki sararmış, kurumuş yaprakları ayırır... Sonunda yapraklar yeniden yeşerir. Üstü yapraklarla, kurumuş dallarla örtülü, çürümüş kökleri söker atar. Gam gönülden neyi söker, neyi sökerse karşılık olarak gerçekten de daha iyisini getirir.

Kemal sahiplerinin yeni gam viranesidir. Meyve olgun olursa yere düşer, ham meyveler ise ağaçta sallanır durur.

Üzüntü ve kederden şikâyet etme vakti değil. Derdin sana derman olduğunu bil.

maneviyat

Her gün yeni bir güne başlarız. Her günün bize farklı ve yeni şeyler getireceğini umut ederek. Attığımız her adımda, bulunduğumuz her ortamda gündelik hayatın karşımıza çıkardığı sorunlardan bıkmış bir şekilde bizi yeni güne motive edecek bir işaret bekleriz hep. Hayat, dünyaya yüklediğimiz anlamlarla vardır. Yüzlerce kaynaktan su içeriz, dünya nimetlerinden faydalanırız. Oysa bu dünyada hiç ölmeyecekmiş gibi yaşayamayız.

Lekesiz bir kalpte, kendi iç temizlik âleminde, kendine bir mezar kazman ve Allah'ın benliği, büyük varlığı önünde kendi benliğini, küçük varlığını defnetmen, yok etmen gerekir.

Korkuyu bilmeyen yürekli
değildir gerçekte. Çünkü

cesaret

düşlenebilene karşı
koyma gücüdür.

CESARET

Herkes bu dünyada biraz yalnızdır. Bazen kalabalıklar içinde yalnızdır, bazen aşk içinde bazen de kendisiyle kaldığında. Herkes yalnız olduğu kadar hep başkaları tarafından da anlaşılmak ister. Anlaşılmak, başkalarının kendini anladığını bilmek, anlaşılmasa bile yanında olunduğu duygusu herkes için çok önemlidir. Oysa herkes kendi dünyasında birbirine yabancıdır biraz. Bizi çok seven kişilere bile yabancı kaldığımız olur.

Korkuyu bilmeyen yürekli değildir gerçekte. Çünkü cesaret düşlenebilene karşı koyma gücüdür. İnsanlar ne denli yaşlı ya da etkileyici olursa olsun onları çocukmuş gibi görürseniz daha iyi anlarsınız. Çünkü, çoğumuz hiçbir zaman büyümeyiz. Sadece fiziksel olarak değişime uğrarız. Mutluluğa ancak beynimizi ve yüreğimizi gücümüz yettiğince etkinleştirdiğimizde ulaşabiliriz. Yaşam aklın ve kalbin birlikteliğinden oluşur. Ancak yaşadığımız müddetçe varız. Yaşamda hiçbir şey boşuna değildir. Varlık sebebimiz de yaşam da budur.

BUGÜN VE ŞİMDİ

Yaşamımızda pek çok kez parçalanırız, parçalara ayrılırız. Çıktığımız sarp yokuşlar, çarptığımız sert duvarlar vardır. Gelecek kaygısı yaşarız. Gelecek kaygısı yaşayan insan kendisini neyin beklediği gerçeğiyle yüzleştiğinde iki kez parçalanır. Terkedilmişlik duygusu içerisinde olağanlık ve olasılık karşısında varoluşunun seçimini yaptığı zaman yaşar ilk parçalanmayı. Dünya kendine bir anlamsızlık sarmalında göründüğünde tanıklık ettiği bu gerçeklik kendisini ayıran uçurumu fark ettiğinde ise ikinci parçalanmayı yaşar.

İnsan, varoluş gibi yok oluşunu da içinde aşkla yaşatmalı. Kendi iç dünyasında ideali yontmalı, ona biçim vermelidir. Varlık gibi yok oluş da bütün yaşamın onsuz olunmayacak tek gerçeğidir. İşte tam da bu nedenle önemli olan gerçeğe yönelik varsayımlardan ziyade kendi içinde ve bugünde kalmaktır. Kendi içine dönmektir. Dünyaya ve çevremizdeki insanlara takınacağımız tavrı ve eylemleri de bugüne yönelik bakışımız belirleyecektir.

Yaşamımızın her anında yaptığımız her şey çok önemlidir. Bizi şimdiki zamanda tutan şey yarın ne olacağımızın anlam kodlarına da sahiptir. Bu süreçte her şeye anlam veren şey sonluluk duygusudur. Ancak bugünümüze bir düzen vererek geleceği belirleyebiliriz. Bugüne odaklanmak ancak dünün yükünden ve gelecek korkusundan kurtulmakla olacaktır.

BİRLİKTE

Yaşamda en çok yanılgıya düştüğümüz konulardan biri de kişiliği, düşünceyi ve duygularımızı birbirinden bağımsız ayrı varlıklar olarak görmemizdir. İçe bakışı önceleyen bir yanılsamadır bu. Bu yanılgıyla hareket ettiğimizde sadece kendi arzularımızı dikkate alır, sadece kendi yakınlarımıza sevgi duyarız. Halbuki insanın gerçek değeri kendinden, egosundan uzaklaşıp insanlık adına yapması gereken bir takım ödevleri olduğunun farkına varmasıdır. Bütün bunları yaparken de başkalarıyla birlikte ve aynı yöne bakarak hareket etmelidir.

İnsan başkalarına saygı göstermeli, tarafsız olmalı, yaptığı iyiliğin karşılığını beklememeli, insanlarla diyalog kurmalı ve aklın rehberliğinde hareket etmelidir.

İnsanın umutları ve özlemleri vardır. Fakat tam da amacına ulaştığı noktada yeni bir amaç belirler kendisine.

Asıl büyüklük, kendimize rağmen kendimizi aşarak yaptıklarımızla kendini gösterir.

Yaşamak yerine yaşamayı beklemekle geçer zamanımız...

CEHALET

İnsan bilmediğinin düşmanıdır. Gerçeğe ancak bilgi yoluyla ulaşılır. Yeryüzünde sırrına erişilemeyen o kadar çok şey var ki bilginin bu sonsuz çokluğu insana gerçekte ne kadar az şey bildiğini de hatırlatıyor sürekli.

Cahil insan da aslında bilgiye sahip olmayan insan değildir. Gerçekte cahil, bilgiye sahiptir. Fakat ne kadar bilirse bilsin, bildiğini hayat içerisinde tecrübe etmeyen kişidir aynı zamanda.

Dünya hevesiyle kirlenmiş bir akıldır cehalet.

Kalbin ışığını yitirmiş, aklın rehberliğinden uzaklaşmış bir kendini bilmezliktir cehalet. Önüne çıkan her şeyi toza dumana katar. Vardığı son yer ise bir uçurum olacaktır.

Aklın ışığı bir yıldız gibi parlar fakat cahilin elinde akıl tüm ışığını kaybeder.

"Bu dünyadaki
en büyük
günah
inandığın gibi
değil, yaşadığın
gibi inanmaya
başlamandır."

GÜNAH

Herkes günahlarını örten perdeleri, bu dünyada kendi elleriyle yırtar. Bu dünyadaki en büyük günah inandığın gibi değil, yaşadığın gibi inanmaya başlamandır. Sana verilmiş aklına zulmetme. Akıl sana düşünesin diye, doğru ile yanlışı ayırabilesin diye verildi. Bu hayatta her daim kendi kendinin bekçisi ol. Korkuyla değil, inanarak yaşa.

Tüm büyük hataların altında gurur yatar. Gururun esiri olarak günaha batma. Çünkü gerçekte en büyük cehalet gurur ve kibirdir, seni günahın kollarına iter. Her zaman bu dünyada cömert ol. Cömertlik verebileceğinden fazlasını vermek, gurur ise alabileceğinden azını almaktır.

Günahını altınla kaplayanlardan uzak dur.

“Hikmet
varlığın ölçüye sığmaz
hakikatidir.”

HİKMET

Bilgisi en sağlam olan âlim, bilgiyi olgunlaştırdıktan sonra ona sahip olan ve uygulayandır. Sözü en sağlam olan kişi de, düşünüp taşındıktan sonra konuşandır. İşini en sağlam yapan kişi de yapacağı işe iyice ölçüp biçtikten sonra girişendir. En çok ağır davranılması ve karar vermekte acele edilmemesi gereken şey de bilgenin etraflıca girişmiş olduğu, külfeti peşin fakat sonucu geç alınacak olan hikmettir.

Hikmet varlığın ölçüye sığmaz hakikatidir.

Hikmeti kazanacağın vakit acele et, harcayacağın zaman ise ağır ol. Hikmet, yumuşak huyluluk ve güzel ahlakla elde edilir. Düşüncesizce elde edilen şey değildir hikmet.

Hikmetin kapısı dildir. Diline sahip olmazsan hikmetin kapısını da paramparça edersin.

“Felsefe yapmak kuşku duymaktır. Çünkü her niçinin bir nedeni vardır.”

FELSEFE

Felsefe yapmak kuşku duymaktır. Çünkü her niçinin bir nedeni vardır. Felsefe, evrensellik seviyesine erişmiş soyutlama ve kavramsallaştırma gücü ile bizi olaylara daha daha derinlemesine bakmaya, baktığımız şeyin ötesini görmeye davet eder. Felsefe aracılığıyla yapılan bu hayal etme ve kavrayış deneyimi insana dünyadaki gerçek yerini bulmasına, kim olduğunun farkına varmasına ve zayıflıklarıyla yüzleşmesine imkân tanır.

Felsefe bir anlam arayışı yolculuğudur. Bitimsiz bir içsel yolculuktur kimi zaman.

Boş inanç dünyayı ateşe verir; o yangını ancak felsefe söndürebilir. Felsefe bir dizi sözcük oyunundan ibaret değildir. Felsefe aynı zamanda insanın ne kadar büyük olduğunu da anlatır. Çünkü felsefe bilinci geliştirir ve böylece insan olaylar üzerine düşünür. Ve onlara bir anlam verir. İnsan felsefe aracılığıyla bir anlam üreticisi haline gelir. Felsefe aracılığıyla olaylara ve durumlara daha evrensel bir bakış açısıyla bakarız. Bencillikten kurtulup sınırların geçiciliğinin farkına varırız. İnsanları birbirinden uzaklaştıran fiziksel ve ruhsal engellerin farkına varırız. Ve felsefe bu engelleri aşmada en büyük yardımcımız olur.

İnsani olan her şeyin kuşaktan kuşağa aktarılmasını sağlar felsefe.

ŞÜPHE

Gerçeğe ulaşmak için hep şüpheden yola çıkarız. Çünkü şüphe hep bir değişim hareketidir. Şüphe yerleşik yargıları, öğrenilmiş nedenleri sorgular.

İster şüphe ile ister çocukluğumuza dönerek olsun insanın en insani yanı olan cüzi iradeyi, doğru ile yanlışı birbirinden ayırabilme yetisi ile yeniden canlandırabiliriz. Bunu ise sağduyu ve akıl yetisiyle gerçekleştiririz.

Ruhun özünü bulabilmek için ön yargılardan kurtulmak gerekir. Bu ise ancak şüphe ile gerçekleştirilecek bir eylemdir. İnsanı verili gerçeklerin tıka basa doldurulmuş belleğiyle başa çıkmasını sağlayabilecek tek güç şüpheye duyduğumuz inanç olmalıdır.

Şüphe tek başına vesvese değildir. Boş inanç, boş kuruntu değildir. Şüphe eleştirel aklın ilk basamağıdır. Şüpheden hareket etmedikçe akla dayanan bir bilgiye ulaşmak mümkün değildir. Varlığın özünü anlamak için şüpheye ihtiyacımız vardır.

Şüphe anında kesin olan tek şey vardır; o da gerçeğe olan inancımızdır.

ARKADAŞLIK

İki bedeni mesken tutmuş tek ruhtur arkadaşlık. Arkadaş, sen daha ona seni yargılayabileceği bir şey söylemeden seni kucaklayandır. En zor zamanında yanında olandır arkadaş. Arkadaşlar birbirinin dünyasına pencere açarlar. O pencereden baharın kokusunu, ışıltısını duyarsınız. İnanmak ve sırtını dayamak ihtiyacının en somut örneğidir arkadaşlık. Güven duygusuna hâlâ inanabiliyorsak sağlam arkadaşlık sayesindedir.

Arkadaşın senin aynandır; arkadaşın seni farklı kılar. Senin varlığına anlam veren tüm değerleri önemser. Sizi farklı kılabilecek, birbirinizden ayırabilecek şeylere rağmen birlikte olmak istediğin kişidir arkadaş. Onun karşısında susabilirsin, çünkü o senin içindeki dünyaya saygı duyar. Sana her zaman kucak açar arkadaşın.

Arkadaşlığı karşılıklı sevgi besler. Yaşam sana her zaman istediğini vermeyebilir. Seni çocukluğundaki sevginin ve sadakatin sıcaklığına götüren en körpe yanın arkadaşlığındır. Arkadaşın senin kalbindekini senden önce görendir. Seni sığ sularda boğulmaktan alıkoyar arkadaşın. Çünkü gerçek arkadaşlık tüm güzellikleri ve iyilikleri bir sünger gibi emer.

BENCİLLİK

Egoizmin tutsaklığından kurtulmanın tek yolu bizi çepeçevre saran bencilliğimizden uzaklaşmaktır. Bencillik çevremizi keşfetmemize engel olur. Çünkü bencil için tek merkez vardır o da kendi egosudur. Hep bir "ben" vardır. Yaşamı paylaşmaktan çok uzaktır. Mutluluk elinin altındadır fakat tüm yaşamı boyunca farkına varmaz. Varoluştan yoksundur bencil. Varlık içinde yokluk yaşar hep. Çevresindeki bütün her şeyi tek bir duygunun girdabında yok eder. İnsanlar birer nesnedir bencil kişi için. Bencilin tek gayesi güç sahibi olma yanılsamasıdır. Kendisini dünyanın merkezi kabul eder çünkü. Olduğunu zannettiği görüntüyle körleşmiştir bencil.

Kendisini dünyaya yabancılaştıran tutkunun esiri haline gelmiştir. Korkaklığının ve sahip olma sapkınlığının giderek tüm aidiyet biçimlerini yok etmesi onun için önemsiz bir şeydir. Çünkü bu dünyada bir tek o vardır ve her şey onun varlığı içindir. Anlamı ve değişimi reddeden tek anlam ve tek gerçeklik kendisidir. Alışkanlıkların içinde bitmek tükenmek bilmeyen yeni alışkanlıklar üretir. Sevgiyi ve değişimi reddeder.

DÜŞÜNCE

Bildiğimizi sandığımız şeylerin ötesine geçmek, varoluş gerçeğiyle yüzleşmemiz gerek. Varlığımızın gerçeği de onu aradığımız bir sonsuzlukta kaybolmuştur. Kendi öz benliğimizi bulmak için şüpheyle hareket etmeli, akıl ile sonuca varmalıyız. Var olmanın sancısını bitirebileceğimiz pek çok geçişe sahibiz. Düşünmeye özgürce, sonsuz inanmalıyız. Düşünce varoluşu yönetmenin ve yönlendirmenin tek yoludur. Düşünce ile yükselebilir, kendimizin farkına varabilir, saklı güçlerimizi harekete geçirebiliriz. Düşünmek kazanmanın tek anahtarıdır.

Düşünceler bizim kimseye devredemeyeceğimiz temel gerçekliğimizdir. Düşünce akla karşı tezler üretmemeli aynı zamanda gözü kapalı gönül takipçiliği de yapmamalıdır. Düşünce elde edebileceği kadarını elde eder başkasını arzu etmez. Arzularımız, isteklerimiz sadece bize bağlı olduğu gerçeğiyle hareket eder.

Düşüncelerimiz bizim anılarımız, pişmanlıklarımız, hayal kırıklıklarımız, isteklerimiz, hayallerimiz, tutkularımız, duygularımız, efendisi olabileceğimiz ve varlığımıza bir anlam katabilecek her şeydir.

seçim

Seçemediğimiz bazı şeylerin aksine yaşamımız hep seçimlerden oluşur. Evimizi, eşimizi, işimizi, yalnızlığımızı ve daha pek çok şeyi seçeriz. Seçtiğimiz pek çok şey kimi zaman gönüllü bir tercih kimi zamanda zorunlulukların dayatmasıyla yapılır. Nihayetinde seçimlerimiz belirler yaşamdaki varlık akışımızı. Her an kendimizi seçeriz fakat gerçekte kendi öz kimliğimizi mi seçeriz? Beden ve ruhumuzu seçemeyiz. Fakat beden ve ruh birçok ben, birçok kimlik oluşturmamıza vesile olur. Bu olanakların yalnızca birinde, seçen ile seçilen arasında gerçek bir uyum söz konusudur. Merak, şaşkınlık ya da açgözlülük yüzünden önemsemediğimiz yaşamın gizemine ve bize bağışlanan yeteneğin bilincine, gerçekten içimizdeki ben'in olağanüstülüğüne ulaşmamızı, bağlantı kurmamızı engelleyen bütün yüzeysel var olma ve eylem biçimlerini dışlayıncaya dek hiçbir zaman tek anlayamayacağımız olanak olacaktır bu.

Seçimlerimizi bilincimiz belirler çünkü. Her şeyin bilincine vararak yaşam bilincine varırız. Büyümenin, güzelliğin, çirkinliğin, ölümün bilincine varırız.

Sürekli büyüyün ve seçim yapın.

Yaptığınız seçimlerle büyüyeceksiniz.

BEKLENTİ

Kendinizi beklentilerden kurtarın.

Üstüne giydirilmiş tüm biçimlerin tutsağı haline gelmeyin. Kendinizi beklentilerden kurtardığınız gün artık ummaktan da vazgeçmiş olacaksınız. Ummaktan vazgeçtiğiniz gün her şeye sahip olacaksınız. Ummayın ve isteyin.

Beklentilerinize karşılık gelen her şey zaten sizin yaşamın rutini içerisinde yerine getirmeniz gereken şeyler. Beklentileri sanki bir nimetmişçesine size sunanlardan uzak durun. Beklentileri bir yana bırakmakla her şeye sahip olabilirsiniz. İnsanlar sizin beklentilerinizi yerine getirmek için bu dünyada ikamet etmiyorlar.

Oysa ihtiyaç duyduğunuz her şey zaten sizin içinizde. Sahip olmadığınız hiçbir şey yok. Çünkü varoluş tüm sözlerin tanımlama gücünün de ötesindedir. Bir insan ister dinginlikle ve sessizlikle yaşamın özünü görsün, isterse tutkuyla salt yüzeyi görsün öz ve yüzey aynıdır. Sözcükler sadece yeni adlar, yeni kimlikler verir o kadar. Varoluş her zaman özde mevcuttur. Hiçbir beklenti de varoluşu gerekli ya da gereksiz kılmayacaktır. Çünkü içinizdeki öz sonsuzdur. Ona ad vererek onu sınırlandıramazsınız. Bir bekleyişin kurbanı haline getiremezsiniz.

DÜŞÜNMEK

Her düşünce başka bir düşünceden doğar. Nasıl ki toprağın suya, suyun da toprağa ihtiyacı varsa her düşünce de birbirine muhtaçtır. Düşünceler karşı karşıya gelmeden, yan yana durmadan başka bir düşünceye kapı açamaz.

Düşüncelerimiz bir zincirin halkaları gibi birbirine bağlıdır. Hiçbir düşünce kendi içinde yanlış değildir. Doğru düşünceye, somut bilgiye de ancak düşüncelerin bu olağan birlikteliği içerisinde ulaşırız.

Doğru bildiğimiz her şeyi doğruluğundan şüphe duyarak aklımızın terazisinde tarttığımız müddetçe sahih bilgiye de ulaşırız. Düşünen insan bu dünyada varlığını da kendince onaylamış insandır. Çünkü insan bildiklerinin doğru olup olmadığından şüphe eder. Beş duyumuzun bize sağladığı bilgiler ne kadar doğrudur? Yaşadığımız toplumun değer yargıları, gelenek ve görenekleri, yerleşik düşünceleri insanın düşünce hareketliliğinde nasıl bir yere sahiptir? İnsanın çevresindeki tüm eylem ve nesnelere yüklediği anlam da bu düşünce pratiğinin içerisinde doğar.

İnsan bu dünyada psikolojik ve fiziksel bir bütünün parçasıdır. "Kimim ben?" diye sorduğunda aldığı cevap hep bu bütünün farklı yansımalarından başka bir şey değildir. İnsan varlığı çevresinde olup biten hiçbir şeye kayıtsız kalamaz. Varlığına dair sorulacak her soruya bir cevabı vardır. Aklı, düşünme melekesi evrensel bir sentezin ürünüdür. Çünkü insan düşündükçe ve hissettikçe vardır. Düşünceni, aklını doğru yolda kullanmazsan o senin için zehirdir. Zehri kendine şifa yapacağın zamanlar da vardır. Bu dünyada her şeyin bir yaratılış amacı vardır. "Kimim ben?" dediğinde artık hayatın başrol oyuncusunun da kendin olduğunu kabul etmelisin. Ben varım ve düşünüyorum, tartışıyorum, analiz ediyorum ve tüm bunları akıl terazisinde tarttıktan sonra bir karar veriyorum dediğin müddetçe varsın. Çünkü düşünmek, akletmek insanca bir eylemdir.

HİÇLİK

Varlık denizinde yüzen insan için hiçlik var mıdır? Sırlı bir perdedir hiçlik. Varlığın üstünü bilinmezlikleriyle örten. Yokluk değildir hiçlik, tam tersine varlığın kanıtıdır. Varlık olmasaydı eğer hiçlik nasıl tanımlanabilirdi ki? Varlık tüm dünyayı kuşatır, hiçlik ise bir aynadan yansıyan bir görüntüdür. Bazen içine düştüğümüz derin bir çukur, bir kuyu. Varlık o kuyudan aşağıya sarkıtılan iptir. O ipe tutundukça insan yanımızı da hep yeniden keşfederiz.

İnsan var oldukça dünya var. Hiçlik olsa olsa varlığın bilinmezlik ülkesidir. Hiçlik aklına, yüreğine isyan ettiğin an ete kemiğe bürünür. Hiçlik dünyaya açılan bir pencere değildir. Gördüğün, duyduğun, hissettiğin ve temas ettiğin müddetçe varsın. Varlığının anlamı başkalarına dokundukça çoğalır. Kişiliğin varlık üzerine kurulur, hiçlik üzerine değil. Kim olduğun sorusunda verecek bir cevabı yoktur hiçlik düşüncesinin. Bilincin senin düşüncenin konakladığı evindir. Gerçeğe çıplak gözle bakamazsınız. Gerçeğin ihtişamı derinlerdedir.

Varlığın tam da bu yüzden senin en büyük hazinendir. Hiçliği kanıtlayacak nesnel ve bilince dair verilerden yoksunsun. Fakat varlığın bütün güzelliğiyle somut olarak var. Çünkü bir bilince sahip olmak varlığın inkâr edilemez gerçeğidir.

KİM-LİK

İnsan kendini çok iyi tanıdığını düşünür. Ailesinde, kalabalık ortamlardaki en olur olmadık yerlerde bile herkesten köşe bucak kaçırdığımız, yalnız kaldığımızda kendimizden bile sakladığımız bir kimliğimiz, gerçek ben'imiz vardır. Köşe bucak neden kaçarız? Kimden neyi saklıyoruz ki? Oysaki yaşamın asıl anlamını kavramak için o saklı kalmış kimliğimize ihtiyacımız vardır. Olduğumuzu zannettiğimiz kişi oldukça, sahip olduğumuzu düşündüğümüz, bildiğimize inandığımız müddetçe gerçek kimliğimizi bulmaktan da o kadar uzağa düşmüş olacağız.

Gerçek kimliğimizi keşfetme sürecinde sevgi ve doğruluk rehberiniz olacak. Kendinizi tanımaya başladıkça o saklı kalmış kimliğinizin gerçekte nasıl üstündeki fazlalıklardan, kendini beğenmişlik kirinden, kendini arındırarak öz benliğine kavuştuğuna şahitlik edeceksiniz. Yalansız ve sırsız bir ayna olacaksınız kendinize.

Kendinize ayna olun ve hep içinize bakın.

Bilmelisin ki hayatının bir döneminde artık kendini yenme ve yeni baştan tanıma, yenilenme sürecine gireceksin. Kimliğin zamanı geldiğinde bu durumu sana dayatacaktır. Sen de böylelikle kendi içine dönecek, kendi öz kimliğini hep "kimim ben?" sorusunu da belleğinde tutarak yeniden kuracaksın.

Kendinize içinizi açmaktan korkmayın. Kendinizle baş başa kaldığınızda sizi kandıracak hiçbir şey, hiç kimse yoktur. Eğer siz kendinizi kandırmayacaksanız tabii...

Kendinizle buluşun, kendinizi arayın. Yalnız olmak, yalnızlık içerisinde teşekkür etmekten korkmayın.

Kimliğiniz aynanızdır sizin. İçsel aynanıza dönün. Başkalarının gözüyle gördüğünüz sizi değil, içsel aynanıza dönüp baktığınızda gördüğünüz gerçek kimliğinizle tanışın. Kimim ben? diye sorun kendinize. Öz gerçek kimliğinize her yaklaştığınızda bilin ki artık siz yalnız değilsiniz. Hayatta sizin en büyük dayanağınız artık kendinizsiniz. Bütün bunları bilerek sizi asıl öz kimliğinizi arayıp bulmanıza engel olan fazlalıklarınızdan da kurtulmanın zamanının geldiğini bilin.

Varoluş binanızı kuracağınız temel sizin gerçek öz kimliğinizdir.

SORUMLULUK

İnsan yaşamda ne istediğini bilen varlıktır. Dünyada başıboş dolaşan, suyun akışına göre yön değiştiren, kimlik oluşturan bir varlık değildir insan. İnsan yaşam içerisinde bir yere ve hedefe sahiptir. Çünkü insan olmanın doğasında da belirlenen bu hedeflere göre yaşamak ve mücadele etmek dürtüsü vardır. Bu yolda insan kendisini hep geliştirir. Hedeflerini ve yaşam koşullarını değerlendirir, aklın terazisinde tartar. Hayata yön vermek için yürüdüğü yolda karşısına çıkan engelleri aşar, suyun akışına yön verir. Bu yolda yürürken yaptığı tercihlerle suyun berrak akmasına özen göstermeli, suyu bulandırmamalıdır. Yaşamda ne istediğini bilmek ve istediği yaşam için mücadele etmek insanın kendi öz kimliğinin de ayrılmaz bir parçasını oluşturur.

Her insan yaşam döngüsü içerisinde kendi payına düşen sorumluluklarını yerine getirmekle yükümlüdür. İnsanlarla olan ilişkilerimizde, iş yaşamımızda, ailemizde hakkaniyetli, yapıcı olmak, yaşamın dengesini gözeterek kimseye altından kalkamayacağı sorumluluklar yüklememek önemlidir. Yaşam içerisinde karmaşaya sebebiyet verecek durumlardan olabildiğince kaçınmamız gerekir.

Kendi kabuğuna çekilip, insanlardan uzaklaşmak, sorumluluklarını terk etmek aslında insanın kendi özünden kaçma girişimidir. Kendi aslını inkâr etmesidir. Kaçmamak, sorumluluklarının farkında olarak yeni seçimler yapmak ve mücadele etmek insan kimliğimizin olmazsa olmazıdır.

İnsan kendisine ait durumları başkasına havale edemez. Kendimize ait bir hayatı başkası üzerinden yaşayamayız.

aşk

Aşk acı, kavuşamamadır.

Aşk ulaşılmazdır; mesafe ve uzaklık duygusunu içinde barındırır.

Aşk tek taraflı bir duygudur. Kendi içinde duygunu çoğaltır durursun. Beyninin derinliklerinde ütopyalar zincirinin ağırlığını taşır, yorulursun. Sevgi ise birbirini besleyen ve çoğaltan bir duygudur. İnsan benliğinde aşk; yıkıcı ve yok edicidir, derin tahribatlar yaratır. Sevgi bir tohum gibidir; toprağa düştüğünde ise hayat olur. Sevgi; aktörelerini, gelenek ve göreneklerini kendi oluşturur. Kendi içinde bir cumhuriyet kurar. Bu cumhuriyetin başını ise "sevgi" yönetir. Konuştukları ve düşündükleri her şeyi güzelleştiren, can veren bir gücü vardır.

Cinsellik ise duygusallıkla, sevgiyle taçlandığında anlam kazanır. Bunun hazzı da doyulmazdır. Sevginin dokunduğu her şey etrafa bir iz, bir renk, bir güzellik bırakır. Sevginin iyi bir yönetici olduğu bir ilişkide, çok güçlü bir dağ olduğunuzu unutmayın! Gelecek olumsuzluklar sizi yıkmaz tam tersine deprem etkisi bırakır. Kuvvetli ve derinden birbirine bağlı iki insanı hiçbir olumsuzluk sarsamaz belki hafif bir rüzgâr etkisi yaratır. İlişkilerde sevgi ve bağlılık, ağacın köklerine benzer; ne kadar toprağın derinliklerine inip kök salarsa, o kadar güçlü ve sağlam olur. Siz de gerçek sevgiyi bulana kadar bekleyin. Elbette her şeyin yeri ve zamanı vardır. Unutmayın ki sahici bir sevgi beklenmedik anda kapınızı çalar.

UMUT

Küçük bir çakıl taşı, küçük bir umut... İşte cebimizde biriktirdiğimiz küçük umutlarla yol alıyoruz; içimiz huzurlu bir şekilde yaşama daha sıkı sarılıyor ve olumlu bakıyoruz. Bu pozitiflik ahval durumu hayatımızın her alanına sirayet ettiği için adım adım gökkuşağının renkleriyle tanışmış oluyoruz. Her tanıştığımız renk, içimizi daha umutla sarıyor daha da güçlü hissettiriyordu. Böylelikle küçük umutların yaşamımızda nasıl büyük dokunuşlar yaptığını pratikte görmüş oluyoruz. Hayat döngümüzün akışında daha umutlu ve mutlu bir şekilde yaşama sarılıyoruz. Çünkü düşlediklerimiz gerçek hayatta şekil almıştır. Size öneririm; düşlerinizi bir kâğıda resmedin ve gerçekleşmiş olduğunu düşünün ve öyle yaşayın. Hedefinize günler geçtikçe adım adım yaklaştığınızı ve gerçekleştiğini göreceksiniz. Fakat hayat bunu yaparken kafanızda kesinlikle şüphe olmayacak. Yüzde yüz inanmalısınız, ne kadar çok inanır ve gerçekleştiğini düşünürseniz istediğiniz hedefe çok kısa sürede ulaşacağınızı unutmayın!

Bu şekilde bakış acınızı değiştirdiğinizde çok hızlı bir şekilde yaşamınızdaki güzelleşmeyi göreceksiniz. Olumlu değişimler sizin belki de daha büyük düşünmenize neden olacaktır kim bilir... Fakat düşünce hislerimiz çok önemli; hayatımız ona göre şekilleniyor. Bu nedenle esas güç bizim içimizde, yeter ki isteyin ve pozitif düşünün; evren size gökkuşağını gösterecektir. Gökkuşağının üstünde yürümeye ne dersiniz? Haydi, düşlerinizi resmedin ve gerçekleştiğine inanın! Kısa sürede değişimi göreceksiniz...

ROL

"Kimim ben?" diye her sorduğumuzda yaşamda yüklendiğimiz rolün ne olduğunu bilmek isteriz. Kimim ben? bir anlam arayışıdır. Bu anlam arayışı toplum tarafından üstümüze yüklenen rollerin ne olduğunu anlamaktan geçer önce. Hepimiz yaşam içerisinde belirlenmiş rollere sahibiz; anne, baba, eş, komşu, veli, öğrenci, esnaf vb. Peki, bu sahip olduğumuz roller ne kadar bize ait, bizi ne kadar yansıtıyor? Üstümüze yüklenen görevleri yerine getirmek ya da hep başkalarına mutlu görünmekte rollerimizin bir parçası mıdır? Bugün ne yazık ki üstümüze yüklenen rollerin birer esiri konumundayız. Rollerimizi ne kadar iyi oynarsak, ne kadar "mış" gibi yaparsak o kadar kabullenme ya da takdir görüyoruz. Oysaki üstümüze yüklenen rollerin keşmekeşinden sıyrılıp "kimim ben?" diye soramıyoruz kendimize. Yüksek sesle dillendirmemiz gereken bu soruyu tek başımıza kaldığımızda kendimize dahi fısıldayamıyoruz. Hep üstümüze yüklenen bu kültürel ve sosyal rollerin kurbanı durumundayız. Üstümüze yüklenen roller bizi ezdikçe eziyor. Kendimize gün geçtikçe yabancılaşıyoruz. Bize ait olmayan kişiyi ve kişilikleri oynuyoruz yaşam sahnesinde.

Yaşam sahnesinde provasız rol kesiyoruz.

VARLIK BİLMECESİ

İnsan çözülmeyi bekleyen bir bilmecedir çoğu zaman. Kendi bilmecesini çözen insan varlığın anahtarını eline alır.

İnsan kendi düşüncesinin bir yansıması olmayan sözlerden ve sonuçlardan sorumlu tutulmaz. İnsan, kendi gerçek kimliğine aykırı olan zihinsel yansımalardan ve dayatmalardan uzak durarak kendi varlığının devamını sağlar.

İnsan, kimsenin göremediği ve sırrına eremediği şeylerden kendine özel bir dünya kurar. Yaşamın gizemi, kim olduğumuz, varoluşumuza dair sorulan tüm sorular, bu dünyadaki varlık sebebimiz, hep içsel dünyamızdan yaratıcıya duyduğumuz şuurla anlam kazanır. Yaşam cangılında kendi varlığıyla bir türlü buluşamayan insan bir bilmecedir. Onun varlık bilmecesinin yanıtı ise Yaradan'ın hikmetinde saklıdır.

İnsan var olduğundan şüphe duymaz. Düşünen bir varlık olarak dış dünyayı olduğu gibi kendi iç dünyasını da keşfetmek ister. İç dünyasını keşfe çıktığında varlığına anlam veren tek gerçekliğin yaratılmış olma gerçekliğiyle yüzleşmesi insanın tüm varlık bilmecesini de anlamsızlaştırır.

İnsan düşünen, gözlemleyen, fark eden bir bilince sahiptir. Duygu ve düşüncelerinden oluşturduğu sentez yaşamına anlam kazandıran gerçekliğin de bir sonucudur.

Hayat

Her hayali, bir başka hayal yer, durur. Her düşünceyi de bir başka düşünce yer. İnsan hayalle düşüncenin o kırılgan ve ince çizgisi üzerinde yürüdüğü müddetçe kendi varlığının anlamına da o denli yaklaşır. İnsan düşünür, sorgular ve harekete geçer. İnsan aynı zamanda hisleriyle hareket eder. Her ne şekilde olursa olsun insanın tüm eylem ve motivasyonuna hayal ettiği şeyler kaynaklık eder. Hayal etmek düşünmekten ve harekete geçmekten bile çoğu zaman daha etkilidir. Hayal ettiğin müddetçe yaşam labirentinin içerisinde bir kimliğe, bir öze, bir varoluşa sahipsin.

Kuruntuya dönüşen bir hayal ise seni yer bitirir. Gerçekliğe yaslanmayan bir hayal senin kâbusun olur.

İnsan arzuları ve hayalleri ile vardır. Gönülde beliren surettir hayal. İnsan hayallere kapılmayı sever, hayalle gelişir ve hayalleriyle bir dünya kurar. Kötü hayallere kapıldığında ise artık o kurduğu dünya elinden uçup gider. Çünkü insanların barışları da savaşları da hep bir hayalden doğar.

Dünya bir hayal âlemidir. Ölünce uyandığımız bir âlem. Dünya hislerimizin ve egolarımızın beklentiler ve hayaller peşinden koşturduğu bir âlem. Hayallerimizi gerçekleştirdiğimiz, doyuma ulaştığımız tek bir zamana sahip olacak mıyız? Yaşam içerisinde taktığımız maskeler var. Benliğimiz artık hiçbir hayali maskeleyemiyor. Benliğimiz bir hayalin içerisinde, varlıktan ve anlamdan yoksun kuru bir hayalin peşinde koştuğu müddetçe o hayatın içerisinde yok olmaya mahkûmdur.

Benliğimiz köhnemiş hayallerle değil, varlığına anlam veren hakikatin hayaliyle can bulur ancak.

UYUM

Yaşam sürekli akış halindedir. Yaşamın sürekliliğine değişkenliğine ayak uyduramayız çoğu zaman. Uyumu ve dengeyi içerisinde barındırdığı gibi karşıtlık ve çelişkileri de içerisinde barındırır yaşam. Yaşamın dengesi de işte bu uyum-karşıtlık birlikteliğiyle vardır. Çünkü her şey birbirine bağlıdır ve birbirini etkiler.

Karşıtların çatışmasından ortaya bir eylem çıkar. Karşıtlık çatışmayı, çatışma da yaşam içerisindeki akışı var eden eylemi ortaya çıkarır. Yeryüzünde herkesin aynı düşüncede olduğunu, aynı durum içerisinde var olduğunu düşünebilir misiniz? Yaşamın akışına, insanın doğasına ters bir durum. Herkes ve her şey farklı olduğu için pek çok düşünce ve durum mevcuttur hayatta. Farklılıklarımız yaşamın dengesini oluşturur.

İnsanın bütün kimlikler içerisinde ne olduğuna, kim olduğuna dair tüm sorular farklılıklarımızı göz ardı etmeye yol açar. Oysa insan biyolojik, psikolojik ve sosyal tüm farklılıklarıyla yaşamın akışına dahil olmuştur. Yaşam içerisindeki tüm farkları, tanımları, sınırları ortadan kaldıran tek bir kimlik formu var; o da insan olmak. Tüm zaman ve mekânlarda her şeyden önce insan olduğunun farkında olan birey için tüm çatışmalar, kavgalar ve savaşlar gereksizleşecektir artık.

Önce insan olduğunun farkında olmak, kişinin kendisine yüklenen dünyevi tüm kimlik formlarını da reddetmesi anlamına gelir.

Kim olduğumuz sorusuna yaşamın dengesinde gedik açan en can alıcı parantez içimizdir. O parantez içini ise ancak insani hasletlerimizle, değer yargılarımızla doldurabiliriz.

SABIR

Benlik, kibir çukurundan uzak durun.

Merdivenin en üst basamağında yer almak seni hiçbir zaman büyük insan yapmaz. Sen her zaman merdivenin ilk basamağında yer al ki yaşam içerisindeki tüm insani değer yargılarını büyüterek kim olduğunu herkese kabul ettiresin.

Sen kendine güvendikçe; bilgine, azmine, cesaretine inandıkça zaten merdivenin tüm basamaklarını teker teker tırmanacaksın. Sana ait olmayan bir basamakta hiçbir zaman vakit kaybetme.

İç zenginliklerine, gönül derinliğine bak. Seni bu dünyada benlik çukurundan çıkartacak tek şey kalbindeki iyiliktir. Sana ait olmayan tüm maskelerden, tüm sahte yaşanmışlıklardan uzak dur. Kendi elinle kurduğun bir hapishanenin parmakları ardına hapsetme aklını.

Sabır bu dünyadaki tek hazinendir. Çünkü sabır, bilgeliğin yoldaşıdır. Yaşama sabırla sarıl, inan ki beklediğin her şeyin ne kadar çabuk gerçekleştiğini göreceksin.

Sabır senin kusursuzluğunun nişanesidir.

Sabır senin bilgeliğinin cesaretidir.

Sabretmek çaresizliğin, tükenen umudun dilencisi değildir. Sabretmek, çaresiz olmadığını bilmektir aslında.

İçindeki umudu, sevgiyi büyütür sabır.

Sabretmek, şükretmenin gönül gözüdür.

ego

Ego aldatıcıdır. İnsanın gerçek öz kimliğinden uzak sahte dünyalar oluşturur ve her dilden konuşur. İnsanın kendi öz kimliğine doğru yapacağı sahici yolculuğun önündeki en büyük engeldir. Kişiliği maskeler ego, ona baskı uygular. Haz peşinde koşar fakat elde ettiği hep acıdır. Şefkatten, alçakgönüllülükten, teslimiyetten, huzur ve sevgiden uzaktır. İnsanın kendisine doğru soruları sormaya engel olur. Doyumsuzdur ve hiçbir sınırı yoktur. Egomuz bedenin istekleri peşinde koşturur, ruhun istek ve ihtiyaçları önemli değildir onun için.

İnsan yaratılışının ve yaşantısının bir ürünüdür. Oysa ego bunun tersine yakıştırılmış sahte bir kişiliğin sönük bir taklitçisidir.

İnsan kendinin tuzağıdır.

Benliğin verdiği sarhoşlukla kendisine yabancılaşan insan için ucuz kahramanlıklar peşinde koşan egosu, kalıcı bir yaşamdan yana değil günübirlik bir yaşamdan yanadır hep.

Oysa insanın her "kimim ben?" sorusuna cevap bulmaya çalıştığı noktada her geçen gün kişiliğin bilinmez taraflarını keşfeder. İnsan kendi gerçek kimliğini tanıdıkça ve öz kimliğinin bileşenlerini içsel varlığının bir parçası haline getirdiği noktada artık egonun oluşturduğu yapay görüntüler, sahte, geçici hevesler ve ter türlü zaaf da yok olacaktır.

İnsan doğrunun, güzelin ve iyinin peşinde olan kendi öz benliğini keşfettikçe egosunun ortaya çıkaracağı her türlü yıkıma da "dur" diyecektir.

"Ben"

İnsan için kendi başına var olmak korkunç bir sarhoşluğa sebep olur; aklını başından alır, mahcubiyeti de gönülden. Benlik sarhoşluğu başka hiçbir şeye benzemez, kendinin tuzağıdır. İnsan kendinden, kendi aklına vurulmuş prangalardan kurtulduğu müddetçe varlığına anlam veren gerçekliği de fark edecektir.

İnsan kendi gerçek benine ulaşabilmek için uzun, içsel bir yolculuğa çıkmalıdır. Bu yolculukta gerçek olmayan, aldatıcı benliğini aşmalı, geride bırakmalıdır. Varlık ve yokluk arasındaki o ince çizgide bu yolculuğun asıl amacı açığa çıkar. Bu dünyadaki görüntüler aldatıcı olduğu için onca var olmuş varlıklar içerisinde kendi varlığını da var olanlar arasına yerleştirir. Oysa insanın varlığı bu dünyada varlık denizinin en küçük parçasıdır. İnsan ancak yaratıcısının varlığından nasiplenecek bir varoluşa sahiptir. Var görünen yok, yok görünen de vardır aslında. Çünkü Allah yokluğu sanki var gibi ve hürmete layık gösterirken varlığı da yokluğun kisvesine bürümüştür.

Varlıktan yokluğa dön! Sen rabbini arıyorsun ve O'na aitsin.

İÇ DÜNYAMIZ

İnsan kişiliğinin en güçlü tarafı iç dünyasıdır. İç dünyamız kişiliğimizi oluşturur. Kimim ben? diye sorduğumuz sorunun muhatabı iç dünyamızdır. İç dünyamızın mimarı da davranışlarımızı, düşüncelerimizi, hareketlerimizi yönlendiren aklımızdır. Peki, aklımız ruhumuza hükmedebilir mi?

Her insan kişiliğini belirleyen şey ne ise odur. İnsan kendisiyle buluşmaktan, kendisiyle tanış olmaktan kaçmamalıdır. İnsan ancak iç dünyasını tanıdığı müddetçe yaşamındaki sonsuz enerjiyi de harekete geçirmiş olacaktır. İnsan sonsuzluğa gidecek yolda huzur ve güvenin anahtarlarına ancak iç dünyası aracılığıyla sahip olabilir. Dış dünyadaki tüm maddesel imkânlar geçicidir, geçici bir süreyle insanın hizmetine sunulmuştur. Oysa iç dünyasının sonsuz zenginliği her zaman insana sunulmuştur. Dış dünyadaki değerler belli bir süre için insana sunulmuştur.

İnsanın kendini yeniden yaratması ancak içine doğru dönmesiyle ilgilidir.

“İnsan her şeyden önce kendi
muammasını çözmek
için sorularla meşgul olur.”

SORU

İnsan varlığının en temel özelliği önce kendine sorduğu sorularla başlar. Çünkü insan hep merak içindedir. Varlığının anlamını çözmek için yaşamın akışı içerisinde hep sorular yöneltir varlığına: Kimim ben? Bu dünyadaki yerim nedir? Varlığımın amacı nedir? Bu dünyaya neden geldim? Gerçek nedir? Hayal nedir?

İnsan her şeyden önce kendi muammasını çözmek için sorularla meşgul olur. Tüm bu soruların cevapları da yine kendinde saklı. Soru sorma ve merak duygusu tarihi, medeniyetleri belirlemiş ve yön vermiştir. İçinde yaşadığımız dünyayı araştırmak, hep yeni şeyleri keşfetmek sorduğumuz sorular sayesinde olmuştur. Tüm sorularımızın bir cevabı vardır. Çünkü yaratılan hiçbir şey nedensiz yere yaratılmadı.

İnsanın sorduğu soruların cevapları ne olursa olsun aslında her şey kişinin değerini bilmesiyle, kendine inanmasıyla başlar. Çünkü insana değer katan sorduğu sorulardan daha ziyade o sorulara kaynaklık eden araştırma ve öğrenme isteğidir. İnsan kendi içindeki cevheri kendisi keşfeder. Öğrenme isteği ve arayışı bu durumu körükler.

İnsan attığı her adımda, sorduğu her soruda zamanı da silikleştirir. Yaşam boyu bir şeylerin gerçekleşmesi için hevesle birlikte fedakârlık da gerekir. Fakat yaşamda olması gereken bir şey hiçbir zaman bizi zorlamaya ihtiyaç duymaz. Zamanı geldiğinde sadece gerçekleşmiş olur.

O nedenle dünyada her şeyin, her eylemin, her durumun bir zamanı ve gerçekleşme anı vardır.

Yeter ki doğru soruları soralım.

AŞKIM KAPIŞMAK
&
GÜLDEN MUTLU

KİMİM BEN ?

(ŞİİRLER)

Piyano: Hüseyin Çebişci

Klasik & Akustik Gitar: Caner Güneysu

Elektrik Gitar: Gültekin Kaçar

Bass Gitar: Kunter Kınacı

Çello: Özer Arkun

Viola: Hasan Şavlı (*Benimle Evlenir misin)

Viola: Altuğ Öncü

Yaylılar: İstanbul Strings

Klarnet: Göksun Çavdar

Kanun: Turgut Özüfler

Ud: Altuğ Öncü

Cümbüş: Altuğ Öncü

Perküsyon: Caner Güneysu

Vokaller: Gülden Mutlu

Kayıt: Hüseyin Çebişci

Mix: Efe Demiryoğuran

Mastering: Evren Arkman

Supervisor: Gökhan Tümkaya

Stüdyo: Harem Sound

KİMİM BEN ?

aşk

Bırak bütün atlar Üsküdar'ı geçsin
Sen kıyıda kal benimle
Martılar simit istiyor ellerimizden
Omuz üstünden bakışması lazım gözlerimizin
Serçe parmaklarımızı utandırmalıyız dokuna dokuna
Bırak gitsin aşka inanmayanlar
Biz âşık olmalıyız, aşka kalmalıyız bu limanda

Sonra deme sakın neden kaldık diye, aşka gidilmez o gelir.
Aşk söz verdi
18'lik olacakmış mimiklerimiz
Hiçbir yaştan gün almayacakmışız
Bir düşün!
Zengin olacakmışız çalışmadan
Beşinci bir mevsim vadediyor sadece âşıklara gözüken
"Dünyaya soğumadan bana ısınamazsınız" diyor, aşk

Hem ata binip gitsen biter mi yolun?
Üsküdar biter, Levent var, Kadıköy var
Biz bu durakta kalalım âşık olalım

Bırak dünyayı yük edenler gitsinler
Aşka tanık olmasınlar
Tanık olmayan bilir mi?
Bilmeyen uğraşır mı?
Uğraşı olmayan bedel öder mi?
Bedel ödemeyen kıymet bilir mi?
Kıymeti bilmeyen yaşar mı?
Yaşamayan aşka düşer mi?
Gel düşelim seninle
Düşüren aşksa
Kaldıran da odur.

Aşk, Leyla ile Mecnun değil
Aşk; çöldür, yoldur, kayboluştur
Aşk, insandaki dünyaya çelme takar
Düşürür insandaki dünyayı
İradeyi alır bilinci uçurur
Âşıkları nesnesi yapar
Öznesi kendisidir
Yüklemi gurbettir, hasrettir
Ve
Aşkın ta kendisi Allah'tır
Aşığı kul eder kendisine
Kul ilk defa Yaradan'a bu kadar yakın olur
O'nun evine misafir edilen,
Dünyayı ayaklarına pas pas etmez mi?
Gel sevgili silelim kirlenmiş ayakkabılarımızı
İçeri girmeden
Aşka düşmeden...

Şiir: Aşkım Kapışmak
Müzik: Gülden Mutlu
Düzenleme: Hüseyin Çebişci

AYLAN BEBEK

Tam üç yıl tutabildiniz aranızda
Üç küçücük sene izin verdiniz oynamama
Anamın göğsünden koparıldım,
hırs botlarınızda savruldum dalga dalga.
Ne yetmedi boğazınıza?
Hangi toprak az geldi ayaklarınıza?
Sahile vuran nefesim mi fazla geldi dünyanıza?

Kaç beğeni aldım hesaplarınızda?
Kaç milyon izlendim, kaç saniye üzüldünüz avuçlarıma?
Anamın yerine kaç dakika koydunuz kendinizi? Kaç?
Rakamlar yüzünden mahvettiniz dünyayı

Kaç km toprak için
Kaç param daha olsun diye susturdu egolarınız vicdanınızı?
Kaç çanta, kaç ayakkabı, kaç tabak yemek daha istiyorsunuz?
Şişmedi mi bedenleriniz, ne zaman cimriliğe oruç tutacaksınız?
Kaç çocuk daha vursun diye bekliyorsunuz sahile?
Ben öldüm siz yaşayın diye

Bir parça paspasın üstünde oynardım, şikâyet etmezdim oyuncaksızlıktan,
Gülerdim bir köşeden somurtan yüzlerinize, tebessüm ederdim, durdururdum zamanı.
Fazla geldik kardeşimle sınırlara, tutunamadık insanlığın kalbine.
Yer bulamadık hayatın sabahlarında, akşamların ninnilerini dinleyemedik.

Küçük bedenimi büyük adaletinize bırakıyorum.
Söz istiyorum her birinizden
Çocukların ellerini bırakmayın
Kaldırın aradan beni sizden ayıran duvarları.
Yıkın paradan yaptığınız Tanrılarınızı
İyiliğin dışındaki masalları silin kitaplardan
Dili, dini, rengi olmayan şarkıları çaldırın teneffüslerde.
Sarılmayı ibadet bilin.
Silahları, topları, tüfekleri gömün toprak altına.
Kötülerin masalarına su koymayın
İyileri uyutmayın geceleri
Ölümdür Allah'ın emri, öldürün değil
Yaşatmak için nefes alın

Bir gün fazla gelince mallarınız
Tadı gidince kariyer koltuklarınızın
Sesi kesilince siyasetlerinizin
Eskiyince ayakkabılar
Unutunca sevdikleriniz
Bitince sevdalarınız
Beni hatırlayın
Öleceksiniz
Hepiniz bir bir geleceksiniz yanıma

Bana sevgi getirin, barış getirin
Temizleyin sahillerinizi gelmeden önce
İzin vermeyin dalgalardan başka vurmasın hiçbir şey sahile
Söz verin
Yanıma gelince
Barış salıncağında sallanalım, sevgi hamurlarıyla
oynayalım
Gelmeden vasiyet edin
Savaşı başlatan büyükler çeksinler ellerini barışın
çocuklarından.

Şiir: Aşkım Kapışmak
Müzik: Gülden Mutlu
Düzenleme: Hüseyin Çebişci

Kimim Ben?

Nasıl tanıyorlar bu kadar beni?
Islattığım mendillerin sahipleri gibi hepsi.
Ne kolay hakkımda yargıları var herkesin
Ben kendimi bilememişken nasıl tarif edebiliyorlar beni?

Hiçbiri acıma tanık olmamış, kahkahalarımın nedeni olmamış,
Annemden emdiğim sütün tadını bilmeden nasıl, nasıl bir
yere yerleştiriyorlar beni?

Kaç çiçeği koparıp pişman oldum biliyor musunuz?
Babamdan yediğim tokadın acısını kim tattı?
Hanginiz salondaki halım ile sohbetime tanık oldu?
Dualarımı ettiğim Tanrı'yı tanıştırmadım ki sizinle!

Kimin yanında kaşıdım kulağımı, sakalımı okşarken
ne düşündüğümü seslendirmedim ki,
Kim bilebilir bayrak aşkımı, dinimi pazara çıkarmadım ki,
Atatürk sevdamı vitrinlere de koymadım.

Ne olur susun, ne olur sözlerinizi, gözlerinizi alın üstümden.
Sizlerle sadece güneşim, ayım, yıldızlarım ortak
Ha bir de "nasılsın" sorusuna aynı cevabı veriyoruz "iyiyim".

Ben şablonlarınızın etiketi değilim.
Ben masanızda dedikodunuz olmak istemiyorum.
Beni bana bırakın.
Bana isim takmayın
Kimlik vermeyin
Hapsetmeyin kalıplarınıza
Ben insanım
Canlıyım
Nefesim var, nedenlerim var, sebeplerim var
Bana sonuçlarımla koşmayın
Biraz akıl, biraz vicdan, biraz da hoşgörü yeter bana.
İzin verin geleyim
İzin isteyin getireyim beni
Seni, bizi...
Birbirimizi

Şiir: Aşkım Kapışmak
Müzik: Gülden Mutlu
Düzenleme: Hüseyin Çebişci

Ne Biliyorsun Hakkımda?

Duvarlarım var benim ve dualarım
Yıkıp geçtiğim ve koyduğum kurallarım
Hayallerim var uçsuz bucaksız
Uzaklarım ve korktuğumda sığındığım kuytularım

Aynada gördüğün sen değilsin, ben hiç değil
Derinde bir yerde gizlisin
Çık er meydanına seril
Yargıların bir kibrit ucunda kara leke
Yak savur küllerini, o kara bana göre değil

Ne biliyorsun hakkımda?
İster uçarım ister çakılır yere serilirim aşktan!
Çıkarım caddelere avaz avaz
Ağlarım pişmanlıktan

Ne biliyorsun hakkımda?
Bazen sarılır, bazen yorulur
Kavga ederim anılarla
Açılır göğsümün dar kafesi
Yanar içim bir şarkıyla

Söz-Müzik: Gülden Mutlu
Düzenleme: Hüseyin Çebişci

Kadın

Kim küstürdü sevgiyi dünyaya
Kim sokaklara öfke dağıttı izinsiz
Kim öğretti kadına el kaldırmayı hadsiz!
Söylesin biri, kim?

Anneleri öldürmeyi
Genç kızları kirletmeyi
Hangi şeytan fısıldadı kulaklarına?
Söylesin biri
Hangi kitapta yazıyor
Saç rengine göre zekâsı
Etek boyuna göre ahlakı
Bir tek biz mi okuyamadık, sizin yazdığınız kanunları?
Şimdi kim doğuracak öldürdüklerinizi
Annemi, komşumu, dostumu, arkadaşımı, sevgilimi,
aşkımı,
Yarınımı çaldınız!

Ağaçlarını kestiniz hayatın
Gönül koymaz mı topraklar yaşama
Attığın tokat daha mı güçlü yaptı?
Aldatınca erkek mi oldun
Kirletince temizlendin mi?
Töre deyip sevap mı işledin taptığın şeytana
Ah be firavun
Her şey oldun ama insan olamadın!

Ben şimdi nerede ararım cennetten kovulanı
İklimler neden değişiyor diye sorar mıyım bir daha
Depreme, sele, felakete sebep arar mı aklım artık
Hepsinin nedeni; insanken

Doğuran, büyüten, güzelleştiren, renk veren,
Çiçek açan, gül kokan, kucak veren Kadın öldü.
Ninnileri susturan şeytanlara yazıklar olsun!

Söz istiyorum dinleyenlerden
Çiçekleri koparmamaya
Ağaçları kesmemeye
Merhameti susturmamaya
Sevmeyi tüm kadınları
Severek yaşatmaya

Şiir: Aşkım Kapışmak
Müzik: Gülden Mutlu
Düzenleme: Hüseyin Çebişci

GÖZLERİM KANIYOR

Gözlerim kanıyor
Yarası açık kaldı bakışlarımın
Duvarlar dinliyor sesini, çalıp da kaçtığın adımlarının
Sakın gelme diye kapandım yavaş yavaş
Bir umut diye bekleyecek gücü yok umutlarımın

Bizi anlatma bensiz koynundakilere
Seni avuturken gizlice sevmesinler
Yatarken sol yanına benimle
Rüyanda gözlerimi görmesinler

Üç ay oldu masamda bardağım tek, rakım sek
Kadehe koydum seni göremezler
Gelen de giden de "alışırsın" diyor ama
"Şerefe" diyenler eline su dökemezler.

Şiir: Aşkım Kapışmak
Müzik: Gülden Mutlu
Düzenleme: Hüseyin Çebişci

Kaldıysa Biraz

Kaldıysa biraz vicdanın, bir mesajın yeter
"Nasılsın?" de, ben anlarım gerisini
Çıkmasan da karşıma, geçmişimiz yeter
Ben "iyiyim" derim, sen anla gerisini...

Burnumun direğinde sızısın gözüme vuran
Köşe bucağım hep, ortalarda yerim yok
"Evde yemek hazır" diyemiyorum sonrakilere
Evimi yıktın be! Masam da yok, ekmeğim de yok

Selamların mı sıkıştı dönüş yollarında
Hiç mi aklın kalmaz halimde, hatırımda
Aşkın melekleri biliyor sensiz yastıklarda
Bir sağa bir sola yattığımı kâbuslara

Burnumun direğinde sızısın gözüme vuran
Köşe bucağım hep, ortalarda yerim yok
"Evde yemek hazır" diyemiyorum sonrakilere
Evimi yıktın be! Masam da yok, ekmeğim yok

Masam da yok, ekmeğim de yok.

Şiir: Aşkım Kapışmak
Müzik: Gülden Mutlu
Düzenleme: Hüseyin Çebişci

Ne Dersin?

Sevebilir miyiz yine?
Hani eskiden dedikleri bir zaman var ya
İşte oradaki gibi
Koparmadan çiçekleri
Huzurunda bakarak
Yaşamamıza izin verebilir miyiz?

Başımızı kaldırıp bakabilir miyiz yüzümüze
Tanımasak da hafif bir tebessüm edip
"Merhaba" diyebilir miyiz yine?
Eskiden olduğu gibi hani...

Aynı mahallede komşu olabilir miyiz yeniden?
Müslüman, Hıristiyan ya da inanmayan
Öteki demeden yanımıza alabilir miyiz birbirimizi?
Kimsenin orucuna, namazına, giyimine kuşamına bakmadan
görebilir miyiz içini?

Üst kattaki Kürt komşuyu, yan dairedeki Laz'ı, Çerkez'i,
Karşıdaki Boşnakları, Romanları çaya, kahveye çağırır mıyız?

Tam birbirimizin arkasından konuşacakken ısırır mıyız
dilimizi?
Hakkı var deyip utanır mıyız?
Bir tabak kek ile çalar mıyız kapılarımızı?
Boş tabakları almadan döner miyiz evimize?

Ayıplarımızı örter miyiz?
El âlem konuşursa susturur muyuz birbirimizden habersiz?
Sessiz dualarımıza gizli gizli katar mıyız bizi?
Beklemeden bulur muyuz yeniden,
Beni, seni, birbirimizi...

Ayrı kalınca mektuplar yazar mıyız?
"Özledim... Kusura bakma... Özür dilerim... Nasılsın"
diyebilir miyiz samimi samimi.
Dinler miyiz anlamak için!
Konuşur muyuz kırmamak için!
Öğrenebilir miyiz hakikati ön yargısız en çıplak hali ile
Ne dersin yapabilir miyiz?

Bütün yarışlara yasak getirebilir miyiz?
Kalabalıkta değil yalnızlıkta eleştirebilir miyiz
yanlışlarımızı?
Her halimizi, her yaşımızı sevmeyi öğrenebilir miyiz?
Yapabilir miyiz gerçekten?

Savaşları bitirebilir miyiz?
İzin verebilir miyiz birbirimize!
Tekrar nazik olup yer verebilir miyiz?
Arkadaş olabilir miyiz!
Komşu
Dost
Akraba
Aile
Sevgili
Kardeş
Âşık
Peki insan olabilir miyiz?
Yeniden
En güzelinden
Biribirimizi bulabilir miyiz?
Ne dersin?

Şiir: Aşkım Kapışmak
Müzik: Gülden Mutlu
Düzenleme: Hüseyin Çebişci

Ben-imle evlenir misin?

Bugün
Şimdi
Tam bu saate, davet etsem seni bir ana
Kabul eder misin?
Biraz üstüne gelsem
Anne terliği gibi acıtsam ama düşman etmeden!
Bir şefkat tokadı diyip misafir eder misin?

Her şeyi yeniden öğrenmeye
Bildiklerini unutmaya
Korku elbiselerini çıkarmaya
Davet etsem gelir misin?
Şüphe soksam doğrularına
Öfke kapılarını kilitlicem desem
Sihirli acılarının gerçek yüzünü göstereyim
İster misin?

Yeniden doğmayı vadetsem sana
Yeniden yürümeyi, büyümeyi
Ölmeyi sevdirsem derinlerine
Kuş gibi uçamazsın yasağını kaldırsam
Bulutlarda piknik yapacağız desem
Biraz acaba koyup içine niyet eder misin?

Belki de çok alıştın masaldaki perilere
Kimse bir şey yapmadı sen izin verdin desem!
Evet korkuyorsun bırakmaktan
Tekrar başlamaktan, alışamamaktan
Zor geliyor yastığını yorganını değiştirmek biliyorum!

Kendinle evlenmişsin sen gidemiyorsun
Boşan desem, sana mutluluk yemini etsem.
Hepsini unutturacağıma söz versem
Ben-imle evlenir misin?

"Kimsin sen?" diye sorma, biliyorsun
İçindeki sesim ben!
Ben; senim...
Sesini kıstığın, burnunun ucunu sızlatan, gözünde yaş olan,
Sakladığın, saklandığın iç sesinim!
Beni dinle desem, kabul eder misin?
Ben-imle evlenir misin?

Şiir: Aşkım Kapışmak
Müzik: Gülden Mutlu
Düzenleme: Hüseyin Çebişci